Happy End in Edinburgh

KERSTIN FROLIK

Happy End in Edinburgh

Bibliografische Information der Deutschen Nationalbibliothek:
Die Deutsche Nationalbibliothek verzeichnet diese Publikation in der
Deutschen Nationalbibliografie; detaillierte bibliografische Daten sind
im Internet über dnb.dnb.de abrufbar.

© 2021 Kerstin Frolik
Satz, Umschlaggestaltung, Herstellung und Verlag:
BoD – Books on Demand, Norderstedt
ISBN 978-3-7543-1978-9

Brooke bearbeitete konzentriert einen antiken Schrank, den sie für einen Kunden restaurierte, als der aufheulende Motor eines heranfahrenden Sportwagens sie zusammenzucken ließ. Dies konnte nur der neue Eigentümer der Villa oberhalb ihres Grundstückes sein. Ihr Cottage und das weiter oben gelegene Anwesen waren die einzigen beiden Häuser auf einer Anhöhe, die bei Edinburgh in den Hügeln nahe des *Holyrood Parks* lagen. Die Straße, die an Brookes Haus vorbei ein Stück weit nach oben zur Villa führte, war als Privatweg gekennzeichnet und nur durch das elektronische Öffnen eines Tores durch berechtigte Personen zu befahren.

Sie wohnte nunmehr seit drei Jahren in dem einstigen Bauernhaus, das vermutlich ehemals als Unterkunft für die Angestellten des Herrschaftshauses diente. Während dieser Zeit hatte sie nach und nach an und hauptsächlich im Gebäude massive Umbauten vorgenommen und auch die angrenzende Scheune nach ihren Bedürfnissen umgestaltet. Seit sie hier zugange war, blieb das Haus oberhalb unbewohnt.

Brooke war handwerklich äußerst geschickt und konnte es, was Werkzeuge wie Hammer und Bohrer betraf, mit manchem Mann aufnehmen. Das lag daran, dass ihr Ex-Ehemann Tom sie mit der von ihren Eltern gegründeten Schreinerei in Oxfordshire quasi über Nacht allein ließ, als ihre Kinder erst drei und fünf Jahre alt waren. Sie war schon immer gerne zuerst ihrem Vater und später Tom in der Werkstatt zur Hand gegangen, weil sie das Arbeiten mit Holz faszinierte. Doch ihrem Mann war eines Tages plötzlich der Gedanke gekommen, dass sein eigentlicher Lebensmittelpunkt in den Wäldern von Kanada lag und er sofort aufbrechen musste. Er fühlte sich in ihrer Ehe eingeengt und sah sich nicht dauerhaft in der Rolle als Familienvater. Und obwohl es ihrer beider Entscheidung gewesen war, Kinder zu bekommen, warf er ihr nun vor, ihn mit der Familienplanung überrumpelt zu haben. Auch die Verantwortung für die Schreinerei belastete ihn von einem Tag zum anderen. Völlig unerwartet stellte er Brooke vor die Tatsache, dass es schon seit geraumer Zeit sein größter Wunsch gewesen sei, in der rauen Welt der Holzfäller in Kanada sein Glück zu versuchen.

Brooke, die mit ihrem Ehemann bereits seit der Schulzeit zusammen war und sie in ihrer Clique immer als das Traumpärchen galten, fiel aus allen Wolken. Er hatte es in der Vergangenheit anscheinend nicht für nötig gehalten, ihr von seinen Träumen zu erzählen. Auch nicht davon, dass er sie ab sofort ohne Wenn und Aber in die Tat umzusetzen gedachte. Und leider kamen in diesem Zukunftsplan weder eine Ehefrau noch Kinder vor. Es war, als hätte er einen Blackout und nahm keinerlei Rücksicht mehr auf sein Umfeld. Er ließ sich durch nichts bremsen und verschwand quasi über Nacht. Es halfen keine Tränen, kein Flehen und kein Bitten um ihn aufzuhalten. Aus heiterem Himmel war Brooke von heute auf morgen auf sich selbst gestellt.

Nachdem sie den ersten Schock überwunden hatte und aus einer tiefen Lethargie erwachte, reiste sie ihm nach und versuchte ihn erneut zu einer Rückkehr zu bewegen. Sie erkannte Tom nicht wieder, als sie ihm in British

Columbia, der Holzfäller-Stadt in Kanada schlechthin, gegenüberstand. Ihr Ehemann wies sie schroff ab und befahl ihr, zu verschwinden und zu den Kindern zurückzukehren. Diese warteten zu Hause in Großbritannien auf die Rückkehr beider Elternteile während sie von den Großeltern versorgt wurden. Den ganzen Rückflug über zermarterte Brooke sich den Kopf, wie sie ihnen schonend beibringen konnte, dass ihr Vater sie Hals über Kopf in der Nacht auf Nimmerwiedersehen verlassen hatte. Müde und abgeschlagen nach einem langen Transatlantikflug stand sie an den Betten der Geschwister, die unschuldig unter ihren Decken schliefen. Sie konnten nicht ahnen, dass ihr Vater für immer fort gegangen war. Genauso wenig wie sie es selbst wahrhaben wollte. Es graute ihr vor dem nächsten Morgen, an dem sie damit konfrontiert wurde, ihnen die ganze Wahrheit zu sagen. Sie strich ihrem schlafenden Sohn das verschwitzte Haar aus der Stirn, als er sich im Schlaf hin und her wälzte und weinte dabei lautlos. Luke war fünf und Savannah erst drei Jahre alt. Sie würde vielleicht eher über die Trennung der Eltern hinwegkommen. In jungen Jahren verblasste die Erinnerung schneller. Zumindest redete sich Brooke das ein. Sie selbst wusste nicht, wie man diesen Schmerz aushalten sollte.

Mit Hilfe ihres Vaters, der nun wieder aktiv in das Geschäft einsteigen musste, nachdem er sich zuvor so weit als möglich aus der Schreinerei zurückgezogen hatte als Tom damals die Leitung übernahm, versuchte sie das Geschäft aufrecht zu erhalten. Brookes Stärke lag aber eher in der Gestaltung mit Möbeln als an deren Erschaffung. Trotzdem erlernte sie das Handwerk der Be- und

Verarbeitung von Holz zu einzigartigen, funktionalen Möbelstücken von Grund auf. Doch dann wurde ihrem Vater aus Altersgründen die körperliche Arbeit einfach zu schwer und auch weil sie ihrer Mutter nicht die Erziehung ihrer Kinder allein überlassen wollte, trafen sie nach gründlicher Überlegung die gemeinsame Entscheidung, die Schreinerei aufzugeben. Den Erlös vom Verkauf der Maschinen legte Brooke für die Ausbildung ihrer Kinder zurück und versuchte sich freiberuflich als Inneneinrichterin und Restauratorin. Die ersten Jahre ihrer Selbständigkeit behielt sie als überaus schwierig in Erinnerung. Sowohl organisatorisch als auch finanziell. Und deshalb war sie sehr dankbar, dass sie bei ihren Eltern wohnen konnte und die Kinder ein sicheres Zuhause mit geregelten Mahlzeiten hatten.

Große Unterstützung erhielt sie auch von Tante Sully, der Schwester ihrer Mutter. Bei ihr entledigte sich Brooke all ihrer Sorgen, die sie ihrer Mutter nicht aufbürden wollte. Ihre Eltern bemühten sich nach Kräften, Brooke zu unterstützen. Aber sie mussten traurig mit ansehen, wie ihre Tochter damit kämpfte, die Kinder den seelischen Ballast, den sie mit sich herumtrug, nicht spüren zu lassen. Mit kaum vorstellbarer Anstrengung bemühte sich Brooke um Normalität im Alltag und wenn die Kräfte sie doch einmal verließen, wandte sie sich an Tante Sully. Sie war eine überaus robuste, tatkräftige Frau mit nahezu unerschöpflicher Energie. Man sagte ihr die Fähigkeit des Vorhersehens nach. Immer wieder trafen Ereignisse ein, die sie vorausgesagt hatte. Später, als Brookes Eltern plötzlich und kurz hintereinander verstarben, blieb Sully mit großer Unterstützung an ihrer Seite und es schien, als wäre sie auf diese Situation vorbereitet gewesen. Auch schob sie Brooke immer wieder die eine oder andere Banknote zu bevor diese auf eigenen Beinen stehen konnte. Obwohl sie selbst kaum genug hatte.

Ihre Tante hatte ihren Ehemann vor vielen Jahren bei einem tragischen Busunglück verloren und sie verbat es sich eisern, nach einem neuen Partner suchen. »Wenn du einmal die große Liebe gefunden hast, spürst du es sofort. Da kommt nichts mehr nach«, sagte sie zu Brooke. »Das haben wir uns immer gesagt und es ist die Wahrheit. Ich habe es kommen sehen, dass unsere gemeinsame Zeit nicht unendlich sein würde und ich vermisse ihn schrecklich. Aber mir fehlt es außer an Walther an gar nichts. Eines Tages folge ich ihm dorthin wo er auf mich wartet. Aber Du, Du hast nicht die große Liebe verloren, denn der Kerl ist es nicht wert, dass man ihm eine Träne hinterher heult. Der war niemals deine große Liebe. Dieser Versager …«. So und nicht anders sprach sie über Tom. »Wenn der Richtige kommt, wirst Du es wissen. Du wirst es spüren. Es wird der Tag sein an dem die Sonne heller scheint und die Vögel lauter singen. Du wirst in diesem besonderen Augenblick an mich denken. Und ich weiß, ich darf es noch mit Dir erleben.« Brooke lächelte jedes Mal nachsichtig über diese Aussage der alten Dame und wies den Gedanken an einen anderen Mann weit von sich. Solche Weissagungen waren ihr suspekt und sie wollte sie gar nicht hören.

Nach einigen Jahren harter Arbeit erwarb sie sich in kleinen und mittleren Hotels einen Namen und konnte fortlaufend Aufträge für die Neugestaltung von Hotel-zimmern, Konferenzräumen sowie der Aufbereitung und Neupolsterung von Sitz-Möbeln an Land ziehen. Gerade als sie darüber nachdachte, sich ein eigenes Heim mit einer Werkstatt einzurichten, starben aus heiterem Himmel zuerst ihre Mutter und drei Monate später ihr Vater, der den Verlust seiner Frau nicht verschmerzen konnte. Die Ehe ihrer Eltern hatte sich Brooke stets als Vorbild für ihre eigene genommen. Bis zu jenem Tag, an dem sie durch Tom den Glauben an die Ehe verlor.

Diese Tragödie war erneut ein großer Einschnitt in Brookes Leben und wieder einmal musste sie stark genug sein, um ihre Trauer vor den Kindern zu verbergen. Als zu guter Letzt Tante Sully wegen des Klimas zu einer alten Schulkameradin auf die *Ille of Skye* an die Küste zog, war sie kurz vor dem Zusammenbrechen. Vorwurfsvoll beschuldigte sie ihre Tante nun doch egoistisch zu handeln, indem sie sie ausgerechnet jetzt in einer so schwierigen Situation alleine ließ. Sully verstand ihre Wut und ihre Angst ohne ihr deswegen böse zu sein: »Eines Tages wirst Du mich verstehen. Wir können den Wind nicht ändern, nur die Segel anders setzen ...,« zitierte sie Aristoteles. Allerdings sprach sie dabei mehr zu sich selbst.

In dieser schweren Zeit lernte Brooke, die einen Restaurationsauftrag im Hotel *Hyatt* erhalten hatte, George McMullan und dessen Frau Tessa aus Edinburgh in Schottland kennen.

George stellte sich ihr als Immobilienmakler und Investor vor, der mittels Darlehenssummen einer Privatbank, in der er sowohl stiller Teilhaber als auch Finanzberater war, in verschiedene Groß-Projekte investierte und so zu seinem ersten eigenen Hotel gekommen war. Wie sie sich die Arbeit von George vorzustellen hatte, war für Brooke zu Anfang ihrer Bekanntschaft nicht durchschaubar. Manches Mal war er mit seiner Frau Tessa monatelang in Amerika ohne den genauen Termin für ihre Rückkehr nennen zu können. Im Zuge dieser Aufenthalte investierte er anscheinend auch in Filmprojekte auf dem US-Markt. Darüber sprach er aber so gut wie nie, lediglich Tessa hatte es einmal beiläufig erwähnt. Die Verhandlungen über die Finanzierung vor Ort wurden durch eine weitere Person abgewickelt. Dann wiederum gab es Monate, in denen er ausschließlich in Edinburgh als Immobilienmakler tätig war. Die Eheleute Tessa und George arbeiteten als Team zusammen mitten in der Stadt, wo sie in jenem eigenen Hotel das Obergeschoß bewohnten. Tessa unterstützte ihren Mann dabei bei den Immobilien. Sie beriet seine Kunden als Innenarchitektin, wenn diese den Wunsch nach diesem besonderen Service äußerten. Bis sie aufgrund der Schwangerschaft ihre Freundin Brooke als Vertretung miteinbezog und somit einen Teil ihrer Kunden an sie weitergab.

Kennengelernt hatte Brooke die beiden, als sie einen Entwurf für die Umgestaltung des Eingangsbereiches für ein Hotel abgab. Das Haus der gehobenen Kategorie in Edinburgh lag direkt auf der *Royal Mile.* Es befand sich zu diesem Zeitpunkt bereits in mehrheitlichem Besitz

von George und er war für die Auftragsvergabe verantwortlich. Tessa war von Brookes Vorschlägen so begeistert, dass sie sich von deren Ideen inspirieren ließ und
unbedingt Elemente davon in ihren eigenen vier Wänden haben musste. Somit durfte Brooke in der privaten
Penthouse-Wohnung des Paares im Hotel ebenfalls einige dekorative Änderungen vornehmen. Sie lehrte Tessa
unter anderem die Kunst mit Kieselsteinen zu arbeiten,
und zusammen entwarfen sie ein großes Wandmosaik.
Die Anfertigung zog sich über beinahe drei Wochen
hin und dabei lernten sie einander näher kennen. Unter
anderem auch bei der einen oder anderen Whiskey-Vor-
führung, die in regelmäßigen Abständen für Touristen
in der Hotelbar stattfand. Während dieser Zeit wohnte
Brooke glücklicherweise mit beiden Kindern ebenfalls
im Hotel. Damals war es für die kleine Familie eine
willkommene Abwechslung, um dem tristen Alltag im
leeren großelterlichen Haus zu entkommen. Richtige
Urlaubsreisen konnte sich Brooke bis dahin nie leisten
und der kurzzeitige Wechsel von England nach Schottland sowie die Unterbringung im Hotel war für ihre
Kinder immerhin ein kleines Abenteuer.

Die beiden Frauen verbrachten viel Zeit miteinander
und bemerkten schnell, dass sie sich mochten und sowohl geschäftlich als auch privat viel gemeinsam hatten.
Später sprachen sie von einer schicksalshaften Begegnung und einer Seelenverwandtschaft, die sie schnell
unabhängig voneinander verspürt hatten.

Brookes Tochter Savannah war zu dieser Zeit dreizehn Jahre alt und fand es ungeheuer spannend, in einem Hotel zu wohnen. Mit der Tochter einer Angestellten erkundete sie die Umgebung. Die *Old Town* und die *New Town* Edinburghs ließen sich vom Hotel aus wunderbar zu Fuß erreichen. Die *Princess Street* mit ihren vielen kleinen Geschäften und Boutiquen übten eine magische Anziehungskraft auf die Mädchen aus. Und wenn die beiden im Hotel frühstückten oder zu Abend aßen, wurden sie, ein wenig abseits zwar, aber wie kleine Königinnen vornehm von den Angestellten bedient. Wenn auch mit einem Augenzwinkern.

Ihr Sohn Luke interessierte sich dagegen ausschließlich für Fußball. Er war äußerst begabt und wurde schon früh von Talentspähern bei inoffiziellen Probetrainings entdeckt. Während Brooke später mit Savannah hin und wieder die Ferien in Edinburgh verbrachte, wurde Luke von einem Trainingslager zum anderen eingeladen. Er war erst fünfzehn Jahre alt aber für sein Alter unglaublich selbständig und immer in der Lage, sich den neuesten Gegebenheiten anzupassen. Brooke musste trotzdem manches Mal die Tränen zurückhalten, wenn ihr ‚Kleiner' voll bepackt mit Taschen und Rollkoffer in den Zug stieg und mutterseelenallein in ein Trainingscamp fuhr. Zu sehr wünschte sie sich für ihn einen Vater oder Großvater, der stolz ‚seinen' Jungen in die fremden Städte gefahren oder ihn zu seinen Spielen begleitet hätte. Wann immer es ihr zeitlich möglich war, versuchte sie an seiner Seite zu sein auch wenn Luke ihr stets versicherte, dass er es nicht von ihr erwartete. Er sah ja, wie sie sich abrackerte, um den beiden eine sorgenfreie Kindheit zu ermöglichen. Es brach ihr das Herz, wenn er dann doch wieder allein losziehen musste.

Zwischen Brooke und Tessa entstand in dieser Zeit eine immer engere Freundschaft. Dies hatte zur Folge, dass sie fast ausschließlich Aufträge aus dem näheren Umfeld von den McMullans annahm und damit immer mehr Zeit in Edinburgh verbrachte. Zwischendurch überlegte sie, ob sie nicht ihren Lebensmittelpunkt dorthin verlegen sollte. Sie wollte es aber ihren Kindern nicht zumuten, nach all den Schicksalsschlägen nun auch noch aus der gewohnten Umgebung mit all ihren Freunden herausgerissen zu werden. Zumindest so lange sie noch zur Schule gingen.

Im Frühling vor vier Jahren begleitete Brooke Tessa zur Besichtigung in eine Villa in den Hügeln des *Holyrood Parks*. Der zweigeschossige Bau mit vier Ecktürmen, umgeben von einer halbhohen Ginsterhecke, deren gelb und blassrosa Blüten das Grundstück einhüllten wie eine zarte Wolke, faszinierte sie. Tessa erklärte ihr, dass sie einen Käufer für dieses äußerlich frisch renovierte Herrenhaus suchte und auch einen bestimmten Käuferkreis dafür im Auge hätte. Im Vorfeld wollte sie aber von Brooke wissen wie ihr Eindruck von dem Gebäude wäre und wie man den leeren Räumen Leben einhauchen könnte. Womit sie aber nicht gerechnet hatte war, dass Brooke vor Einfällen nur so sprühte. Jeden Entwurf, den sie Tessa vorlegte, verwarf sie am nächsten Tag und überarbeitete ihn neu. Sie war kaum zu bremsen. Allerdings wurde sie schnell vom Umfang der Kosten und der Vorgabe eines zeitlichen Rahmens auf den Boden der Tatsachen geholt. Sie kalkulierte eine Dauer von mindestens acht bis zehn Monaten für diverse Umbauten in sämtlichen Räumlichkeiten. Dabei würde sie einige Wände versetzen und größere Fenster einbauen lassen. Somit würde das gesamte Erdgeschoss wie ein großer Salon wirken und eine Aussicht über die ganze Stadt ermöglichen. Einmal stand Brooke zufällig bei Einbruch der Dunkelheit an der Terrassentüre und blickte hinab auf die sanften Lichter des angelegten Parks rund um das *Scottish Parliament*. Und sie sah sich auf einem imaginären Sofa liegen und diesen unglaublichen Ausblick genießen. Da Tessa jedoch davon getrieben war, schnellstmöglich einen Interessenten zu finden, erschien ihr die Dauer der Umbauten zu unrealistisch und aus dem Auftrag wurde zunächst einmal nichts.

Nachdem jedoch die beiden Frauen das Grundstück wieder verlassen hatten, bemerkte Brooke im Vorbeifahren ein eingezäuntes Anwesen unterhalb der Villa. Sie bat Tessa anzuhalten, weil sie den Eindruck hatte, das Haus sei verlassen. Die ältere Bausubstanz war wohl noch in Ordnung und das dreistöckige, schmale Haus aus groben Sandsteinen mit einem hohen Dach hatte eine angrenzende Scheune, die ebenfalls noch gut in Schuss zu sein schien. Dieses Objekt nahm Brooke augenblicklich gefangen und brannte sich in ihr Hirn. Tage- um nicht zu sagen wochenlang kreisten all ihre Gedanken nur um dieses Haus. Es war als hätte sie es nicht etwa zufällig gefunden, sondern das Schicksal habe sie gezielt hierhin geführt. Quasi als Entschädigung dafür, dass sie das kleine Schlösschen weiter oben nicht bearbeiten durfte. Nach intensiver Recherche durch George wurde der Besitzer des Grundstücks ausfindig gemacht. Und George war es auch, der Brooke mit Rat und Tat zur Seite stand, bis sie stolze Eigentümerin war. Alsbald konnte sie dieses wunderschöne Cottage, das früher wahrscheinlich die Angestellten der Eigentümer der Villa beherbergte und später einem Ranger gehörte, der sich um die Tiere und den Naturschutz in den Hügeln gekümmert hatte, mit Brief und Siegel ihr Eigen nennen. Vermutlich wurde die Stelle des Wildhüters nach dessen Rentenantritt nicht mehr besetzt und deshalb blieb das Haus unbewohnt.

Ihre Kinder waren bezüglich des Umzugs von England nach Schottland zuerst geteilter Meinung. Savannah hatte durch das ständige berufliche Pendeln ihrer Mutter bereits mehr Freunde in Edinburgh als in *Oxfordshire* und begrüßte den Tapetenwechsel. Zudem erinnerte sie in dem alten Haus in Großbritannien vieles schmerzlich an ihre Großeltern. Dazuhin wünschte sie sich schon lange einen Hund und Brooke gab stets die dicht besiedelte Wohngegend ohne viel Grün als Grund für ihr vehementes Nein an. Trotzdem schleppte Savannah immer wieder Pflegehunde an, um ihrer Mutter vor Augen zu führen, alles ginge wenn man nur wolle.

Luke dagegen spielte in der Nachwuchsmannschaft von Arsenal London und sah seine fußballerische Karriere vor dem Aus. Außer er hätte jeden Tag die nötigen viereinhalb Stunden Zugfahrt im *Flying Scotsman* von Edinburgh nach London auf sich genommen. Aber ihm war bewusst, dass seine schulischen Leistungen sehr darunter leiden würden. Als er seinem Trainer in einem zufälligen Gespräch offenbarte, in welcher Zwangslage er sich befand, packte dieser seinen Schützling breit grinsend an den Schultern. Der langjährige Coach stand ebenfalls vor einer neuen Herausforderung in Schottland und würde Luke nur allzu gerne in den Kader von *Celtic Glasgow* einbauen. Er bot ihm an, ihn für ein Stipendium vorzuschlagen um dadurch in ein Fußball-Internat aufgenommen zu werden, wenn die Voraussetzungen dafür erfüllt wurden. Und das war bei Luke nach seiner Beurteilung der Fall.

Als die dreiköpfige Familie nach einem weiteren Jahr umfassender Renovierungs- und Umbau-Arbeiten schlussendlich die Zelte in ihrem alten Zuhause abbrach und in Schottland angekommen war, wurde Brooke das Gefühl nicht los, nach einer Durststrecke ein Zuhause zu haben, das einem Neubeginn gleichkam. Sie war mit dem Umzug von England und dem Hauskauf zwar finanziell ziemlich angeschlagen, aber sie hatte Brücken und Verbindungen abgebrochen, die sie nicht vermissen würde. Es war ihr als würde sie neu Atem holen.

Nun war sie dabei, ihren Kindern beim Einrichten der Zimmer behilflich zu sein. Überall standen Kisten und Kartons und dazwischen der Handwerkskasten und die Bohrmaschine. Wie immer machte sie alles selbst. Mit Schraubenzieher und Bohrer bewaffnet stand sie in Lukes Zimmer auf der Leiter. Als sie eine Lampe an der Decke anbrachte, brach es aus dem sonst so verschlossenen Jungen heraus: »Irgendwann werde ich Dir einmal ein schönes Haus kaufen. Wo Handwerker die Löcher bohren und den Boden verlegen. Wo schon jemand die Wände gestrichen und die Lampen aufgehängt hat. Eines Tages, Mama.« Er verstummte resigniert.

Brooke strich ihm lächelnd über den Kopf, dann zog sie ihn an sich: »Das weiß ich. Dann suchen wir uns ein ganz besonderes. So eines wie da oben.« Sie seufzte. »Das zu kaufen wäre der Wahnsinn.« Mit einer Handbewegung deutete sie in Richtung Villa. Berührt von ihrem Heranwachsenden, der noch nie darüber gesprochen hatte, dass er sich sehr wohl Gedanken über das beschwerliche Leben seiner Mutter machte.

Während Brooke ihr Cottage renovierte, nahm sie keine Aufträge an, sondern konzentrierte sich darauf, so schnell wie möglich voran zu kommen. Zunächst hatte sie sich das mittlere Stockwerk mit den Wohnräumen und den Badezimmern der Kinder vorgenommen, bevor sie im Erdgeschoss ihre Küche und das offene Wohnzimmer neugestaltete. Fast alle Zimmer hatten offene Holzbalken, zum einen als Raumteiler, zum anderen fungierten sie als statische Elemente für die Decke. Brooke schickte bei der Besichtigung ein Stoßgebet gen Himmel, dass die

Substanz noch gut wäre und nicht etwa tragende Teile wegen eines Holzwurmbefalls entfernt werden mussten. Aber sie hatte Glück gehabt. Sie konnte das Holz weitgehend erhalten und mit viel Liebe und Sorgfalt bearbeiten und versiegeln. Ganz zuletzt ging sie daran, den Dachstock ausbauen. Es sollte ihr Schmuckstück werden. Ihr Rückzugsort. Sie beließ auch hier alle sichtbaren Holzbalken. Dann öffnete sie die Rückwand des tiefen Raumes einen Meter über den Boden bis hin zum Giebel des Dachbodens und ließ in Hüfthöhe ein Dreiecksfenster über die komplette Fläche von sechs Metern anfertigen. Es kostete sie ein Vermögen. Aber als sie den daraus entstandenen Wandvorsprung unter dem Fensterrahmen auf einen Meter verbreitert, verputzt und gepolstert hatte wurde daraus eine Sitzbank von der sie eine Aussicht über die ganze Stadt hatte. Als Brooke das erste Mal bei Dämmerung in dem fertigen Raum stand und auf das im Abendrot strahlende *Edinburgh Castle* und die in den Farben des Herbstes leuchtende *Old Town* blickte, kamen ihr die Tränen. Sie spürte ihr aufgeregtes Herz klopfen und ein tiefes Glücksgefühl überkam sie. Eines Morgens erwachte sie auf eben dieser Bank und ihr erster Blick galt dem gespenstischen Nebel, der aus dem nahegelegenen, von Bäumen umgebenen *St. Margaret's Leoch* aufstieg. Sie fühlte die Geborgenheit in ihren vier Wänden. Von nun an ließ sie sich für diesen Alkoven von ihren Kindern zu allen möglichen Anlässen Kissen schenken, die sie auf dieser Fensterbank drapierte. Luke musste sich das eine oder andere Mal den Spott seiner Mannschaftskollegen anhören, wenn er auf einer Auslandsreise nach Möbelhäusern oder Deko-Geschäften

Ausschau hielt. Nicht nur einmal hielt ihm ein Mitspieler ein Kissen mit einer mehr oder weniger anzüglichen Botschaft unter die Nase.

Auch das Bad auf der gegenüberliegenden Seite erhielt bodentiefe Fenster, damit sie in der Badewanne liegend den Himmel über den Baumwipfeln hinter dem Haus sehen konnte.

Ihr persönliches Meisterstück jedoch war ihre Eingangstüre. Nachdem Brooke ihre Ausbildung im elterlichen Betrieb abgeschlossen hatte, eignete sie sich noch die Kunst des Holzbildschnitzens an. Eigentlich hieß der Beruf Holzbildhauer, jedoch benutzte man ein Schnitzmesser um das Holz zu bearbeiten. In der bayerischen Stadt Oberammergau in Deutschland lernte sie die Kunst des weltweit bekannten Herrgott-Schnitzens. Eine Schnitztechnik, die überwiegend aus religiös christlichen Motiven bestand. Diese filigrane Technik erforderte höchste Konzentration und es war eine Ehre für sie, dies erlernen zu dürfen. Ebenfalls ein ganz besonderes Erlebnis war für sie eine Fortbildung im Erzgebirge. Dort belegte sie einen mehrtägigen Kurs, in dem sie alle gängigen Arten des Schnitzens erlernte. Unvergessen blieb ihr, als am letzten Abend die fünf Teilnehmer von ihrem Kursleiter zum Essen nach Hause eingeladen wurden. Sie traf auf eine Großfamilie, die alle Besucher überaus herzlich aufnahm und bewirtete. Nach dem üppigen Essen saßen mehr als zwölf Leute in einer großen Wohnstube und tranken zusammmen Wein. Dabei wurde geschnitzt, gestrickt, gestickt und gesungen. Wann immer Brooke mit

Familie und Freunden an einem Tisch saß, erinnerte sie sich an diese Zeit. Und es wurde ein Herzenswunsch von ihr, bei möglichst vielen Gelegenheiten alle Menschen, die ihr wichtig waren, an einem großen Tisch zusammen zu bringen.

Sie beließ den alten rustikalen Türrahmen in dem grauen Haus aus Stein, da sich das Holz in seiner silbern verblassten Farbe mit den Jahren der Fassade angeglichen hatte. Nachdem sie ihn ein wenig bearbeitet und durchgängig Ornamente hinein geschnitzt hatte, versiegelte sie das Holz mit einer wetterfesten Lasur. Und in dieses verbleibende edle Grau setzte sie eine himmelblaue Türe mit einem großen halbrunden Türklopfer in der Mitte. Rechts und links vom Eingang dekorierte sie zwei große Laternen mit dicken weißen Kerzen, die sie Sommers wie Winters abends anzündete. Wenn man bei Dunkelheit auf ihren Hof einbog und auf die Eingangstüre zuging, erschien es einem als würde das Haus ihm zulächeln.

Zu der Zeit als Brooke mit dem Einarbeiten von Schrankelementen in die Schräge in ihrem Dachgeschoß beschäftigt war, bemerkte sie hin und wieder Interessenten für die Villa. Insgeheim hoffe sie jedes Mal, dass man keinen potentiellen Käufer finden würde. Einer ihrer Pläne für die Gestaltung der einzelnen Räume war immer noch Tessas Grundlage, wenn sie Kunden durch das Haus führte. Brooke hatte sich bei der Ausarbeitung auf ihr Gefühl verlassen und sich insgeheim als Bewohnerin dieser herrlichen Räume mit den hohen Fenstern gesehen. Sie konnte und wollte sich keinen Fremden darin vorstellen. Mit Annie, der Hauswirtschafterin, die George angestellt hatte, um zwischen den Besichtigungsterminen nach dem Haus samt Garten zu sehen, war Brooke schnell bekannt geworden und konnte bald auf deren Hilfe zurückgreifen, wenn sie selbst Materiallieferungen erwartete aber aus beruflichen Gründen nicht im Cottage sein konnte. Annie half ihr gerne, vor allem als es darum ging, die beiden älteren wilden Katzen zu füttern, die in Brookes Scheune zu wohnen schienen. Vermutlich waren sie Überbleibsel des Vorbesitzers.

So schnell es ihr finanziell möglich war, baute sie die Scheune zu einer Werkstatt nach ihren Bedürfnissen um. Auch hier legte sie wieder Wert auf große Fenster, damit sie, wann immer sie wollte, darin arbeiten konnte und nicht ausschließlich künstlichem Licht ausgesetzt war. Praktischerweise ging eine Tür von der Küche direkt in ihren neuen Arbeitsraum.

Ganz zuletzt nahm sie den Garten in Angriff. Eigentlich übernahm Savannah hier das Kommando. Savannah hatte das, was man einen grünen Daumen nannte: sie brachte Blumen zum Blühen, die andere längst als hoffnungslose Fälle auf dem Kompost entsorgt hätten. Selbst in dieser rauen Landschaft, die statistisch gesehen deutlich mehr Regentage als Sonnenschein hatte, leuchtete der Garten zu jeder Jahreszeit in anderen Farben. Savannah legte Gemüse- und Rosenbeete an, setzte Zäune und stutzte die Büsche und Bäume. Irgendwann verlor Brooke den Überblick und handelte nur noch auf Anweisung. Am Ende jedoch verschlug es ihr die Sprache. Der Garten war symmetrisch angelegt und die Blumenbeete blieben durch halbhohe Staketenzäune geschützt vor den zahlreichen Hirschen, die sich in der Dämmerung immer wieder ihrem Haus näherten. Trotzdem war alles so naturgetreu gehalten wie nur möglich und zahlreiche Vögel, Eichhörnchen und Kaninchen bevölkerten ihr Grundstück. Savannah hatte eine ausladende Hagebuttenhecke ebenfalls als Schutz vor den größeren Wildtieren stehen lassen, in der man manches Mal mehr Vögel als Früchte ausmachen konnte. Alles was nicht von Savannah angelegt wurde, umgab das Haus wie ein immergrüner Teppich. Wegen des vielen Regens war das Gras stets saftig und kräftig in Wuchs und Farbe.

Und dann geschah es eines Tages doch: zwei Jahre nachdem Tessa das erste Mal mit Brooke in die Hügel gefahren war, verkündete sie stolz Vollzug. Sie hatte die Villa verkauft und der neue Eigentümer sei sehr daran interessiert, dass unverzüglich mit der Inneneinrichtung begonnen werde. Und zwar genauso wie es Brookes Pläne vorsahen. Geld spiele keine Rolle. Brooke konnte nach den langen, kostspieligen Umbauten an ihrem Haus eine neue Einnahmequelle sehr gut gebrauchen und stürzte sich regelrecht auf den neuen Auftrag. Von den Bodenbelägen über die Wandfarbe bis hin zu den Wasserhähnen und der Anordnung der Elektrogeräte in der Küche übernahm der neue Besitzer exakt ihre Pläne. Worauf sie keinen Einfluss hatte war das Fitness-Center auf einer Hälfte des Obergeschosses, das von einem Fachmann eingerichtet wurde und das nach Brookes Einschätzung mehr Geräte beinhaltete, als sie je in einem Sportstudio gesehen zu haben glaubte. Auf jeden Fall hatte sie Mitleid mit den Möbelpackern, die hier beim Anliefern und Einrichten unglaubliches leisteten.

Die andere Hälfte des Dachgeschosses aber hatte sie genauso wie ihr eigenes eingerichtet. Sie ließ dasselbe Fenster anfertigen, errichtete die gleiche Sitzgelegenheit und ließ die Beleuchtung des Raumes in die Holzbalken einarbeiten. Im ganzen Haus dominierten Erdfarben wie braun, beige und creme. Die gleichen Töne hatte sie auch in das Giebelzimmer eingebracht. Selbst die Kissen waren dem Ton angepasst, so dass alles mit den sandfarbenen Wänden und den Dachbalken harmonierte. Die Böden hatte sie beinahe ausschließlich mit schiefergrauem Basalt-Lavastein verlegen lassen. Diese Stein-fliese war aufgrund ihrer feinporigen Oberfläche enorm rutschsicher. In den Wohnräumen legte sie zusätzlich behaglich flauschige Hochflor-Teppiche.

Als ihre Arbeiten sich dem Ende zuneigten, saß sie ab und an in Gedanken versunken in dem noch unbewohnten Haus an einem der großen Fenster und sah hinab auf ihr Häuschen und auf die Stadt. Wenn sie ihre Hände in den Schoß legte, spürte sie eine tiefe Zufriedenheit über das Erschaffene und hoffte, der zukünftige Eigentümer würde ebenfalls dieses Gefühl erlangen.

Zunächst war Brooke über den Verkauf sehr enttäuscht gewesen. Aber während sie mit der Gestaltung der Räume beschäftigt war und nach und nach Teppiche und Vorhänge geliefert wurden, entspannte sie sich. Sie würde es sich nie im Leben leisten können, in diesen herrlichen Mauern zu leben und so versuchte sie sich, eine große glückliche Familie unter diesem Dach vorzu-stellen. Mann und Frau, beruflich gefestigt und mitten im Leben verbunden mit herzlichem Kinderlachen sollte diese Räume erfüllen. Bis eines Tages Tessa verlauten ließ, dass die Kinderzimmer erst einmal Gästezimmer werden sollen, da der Eigentümer allein zu wohnen ge-denke. Brooke wollte nicht neugierig sein und beließ es bei dieser Information. Persönlich war sie dem neuen Besitzer während der ganzen Umbauten nie begegnet. Sie erfuhr lediglich, dass es sich um einen sehr guten Freund und Geschäftspartner von George handelte, der sich die meiste Zeit in den Staaten aufhielt.

Wütend bearbeitete sie die Beschläge ihrer Arbeit. Wenn das der neue Nachbar war, schien es mit der Idylle ein Ende zu nehmen. Und auch die beiden mittelgroßen Mischlingshunde, Hook und Rosa, die Savannah aufgenommen und bei Brooke untergebracht hatte, mussten in ihrem weitläufigen Stöbern durch das Gelände eingeschränkt werden. Dies war bislang nicht notwendig gewesen. Außer Brooke und ihren Besuchern fuhr hier oben niemand mit dem Auto.

Sam war nach acht Monaten USA wieder nach Edinburgh zurückgekommen und bezog nun endlich, zwei Jahre nach dem Kauf der Villa, sein neues Zuhause. Er war gespannt, inwieweit George und Tessa die Pläne was die Einrichtung anbelangte, umgesetzt hatten. Eigentlich wollten sie ihm die Schlüssel feierlich in Form eines kleinen Empfangs übergeben, aber Tessa war mit ihrem zweiten Kind schwanger und litt immer wieder unter der typischen Übelkeit. Somit war sie im Augenblick außer Gefecht gesetzt. Sam war ihr dessen nicht böse, ganz im Gegenteil. Sein Flieger aus New York hatte wegen starkem Schneefall extreme Verspätung gehabt und er war ziemlich müde. Der Jetlag tat sein übriges und Sams Verlangen nach Gesellschaft hielt sich in Grenzen. Er machte sich nicht einmal die Mühe, den Porsche in die große Garage zu fahren, sondern stellte ihn mitten in der Einfahrt ab. Während er aus dem Wagen stieg, sah er auf dem Gelände unterhalb seines weitläufigen Grundstücks, eine Frau auf ihrem Hof hin- und herlaufen. Der Körperhaltung nach schien sie zu telefonieren. Sam hatte sein Haus damals im Winter im Halbdunkeln besichtigt und sich weiter keine Gedanken über seine Nachbarn gemacht. Er wusste von George, dass in den kleinen Anwesen eine alleinstehende Frau mit zwei erwachsenen Kindern wohnte, die, so wie er beruflich viel unterwegs war. Dies war Sam nur recht, denn er kam nach Edinburgh um zwischen seinen Aufträgen in den Staaten abzuschalten und neue Energie zu tanken. Das letzte was er suchte, war außer der gelegentlichen Gesellschaft von George samt seiner Familie der Kontakt zu anderen Menschen. Deshalb hatte er auch in der Vergangenheit ausschließlich im Hotel gewohnt.

Er schloss die Haustüre auf und betrat die Eingangshalle. Der Boden war in schiefergrauen Natursteinplatten gefliest, die in angenehmen Kontrast zu den cremefarbenen Zimmertüren standen. Brooke hatte eine Vorliebe für Steine. Wo immer es sich anbot, verlegte sie unebene Basaltbruchsteine an den Wänden und Natursteinplatten auf dem Fußboden. Kurzzeitig hatte sie darüber nachgedacht, für den Küchenboden Keramikfliesen zu verwenden, weil diese in gebrannter Form pflegeleichter gegenüber Naturstein waren. Um einen Natursteinboden gegen Rotwein-, Soße und Ölflecken zu schützen, musste man ihn hin und wieder imprägnieren. Der Fliese hingegen machten weder Säuren noch aggressive Putzmittel etwas aus. Trotzdem hatte sie sich sowohl in ihrem Haus als auch in der Villa dafür entschieden, die Böden in der Küche und den Bädern mit Natursteinen zu verlegen.

Gleich rechts wies eine Türe die Gäste-Toilette aus bevor man geradeaus in einen lichtdurchfluteten Raum, die großzügige Küche, gelangte. Zwischen den beiden Räumen stand an der Wand ein Garderobenschrank im antiken Stil. Die Patina war eindrucksvoll und sehr dezent herausgearbeitet. Sein Blick weilte etwas länger auf diesem Möbelstück, weil ihm die Arbeit äußerst gut gefiel. Als er die Küche betrat, traf er auf eine moderne Kücheneinrichtung in warmem Bambusholz-Design, was ebenfalls seine Zustimmung fand. Ein Zettel lag auf dem Tisch: ‚Essen im Kühlschrank'. Die gute Annie! Als er eine der Doppeltüren des Eisschrankes öffnete, stand darin eine Platte mit Sandwiches. Er nahm sie heraus um sie ein wenig auf Zimmertemperatur anwärmen zu lassen und ging weiter durch eine Verbindungstüre in das Wohnzimmer. Das Wohnzimmer bestach vorrangig durch einen riesigen hellen Hochflorteppich, in dem er selbst mit seinen Straßenschuhen tief zu versinken drohte. Rasch schlüpfte er aus den Schuhen und durchlief auf Strümpfen den Raum. Die dunklen Schränke waren auf halbe Höhe gehalten und harmonierten mit einer großen Sitzlandschaft aus cognacfarbenem Leder. In der gleichen Farbe wie die Couch zierte eine handgemalte Bordüre die sandgestrahlten Wände rund herum. Bewundernd betrachtete er die filigrane Malerei von Blättern, Blüten und Schnörkeln. Mit dem Betätigen des Lichtschalters setzte er einen Wasserfall an der Wand in Gang. Durch ein Relief aus Kieselsteinen hatte es den Anschein, als stünde er mitten in der Natur. Das leise Rauschen und Plätschern des Wassers als es auf weitere Kieselsteine in einem Becken, das in den Boden eingelassen war, auftraf, gab dem Raum eine ganz besondere Atmosphäre. Beim näheren Betrachten erkannte er, dass im Bodenbecken Strahler in Form von Muscheln eingelassen waren, was für das softe Licht sorgte.

Seine Bewunderung für Menschen, die zu solchen Kreationen fähig waren, war grenzenlos. Er selbst war mehr der Grobmotoriker und hätte die Einrichtung der Räume wohl eher spartanisch minimalistisch gehalten. Sam beendete zunächst seinen Rundgang durch das Erdgeschoß und ging zurück zur Küche um sich die Brote und ein Bier zu holen, welches er ebenfalls im Kühlschrank entdeckt hatte. Als er damit zurück ins Wohnzimmer kam, blickte er kurz aus der breiten Fensterfront der Terrasse. Von hier aus hatte er die Sicht auf das unter ihm gelegene Anwesen und weiter hinaus auf die Dächer der Stadt. Er spürte, wie er sich zu entspannen begann. Er würde nun mindestens die nächsten drei Monate hier ohne jeglichen Zeitdruck und Termine verbringen. Und die nächsten Tage auf jeden Fall ohne Telefon, Internet und Social Media. Naja, vielleicht nicht ganz ohne.

Brooke öffnete die Augen wie immer mit dem Sonnenaufgang. Seit sie hier in Schottland wohnte und beruflich auf sich selbst gestellt war, lebte sie ohne Wecker bewusster und fühlte sich dadurch wesentlich entspannter. Da sie ihr halbes Leben lang nach einem bestimmten Zeitfenster aufstehen musste, war es ihre innere Uhr, die sie früh aufwachen ließ. Aber ohne, dass sie sich dadurch erschöpft fühlte.

Es war mittlerweile Mitte April und die Sonne ging deutlich früher auf. Wenn man sich am Vormittag draußen aufhielt konnte man schon spüren, wie die Sonnenstrahlen die Luft erwärmten. Jedoch jetzt am frühen Morgen war es noch empfindlich kalt. Brooke zog sich ihre Sportbekleidung an und warf sich einen warmen Pullover über. In Sportschuhen lief sie mit den um sie herumtanzenden Hunden den Pfad hinter ihrem Haus hinauf in die Hügel. Unter ihr begann die Stadt zu erwachen, Straßenlaternen gingen aus während in den Wohnhäusern das Licht eingeschaltet wurde.

Auf der Anhöhe angekommen, erreichte sie die Baumgruppe, von wo aus sich ihr dieser einzigartige Blick weit ins Land auftat und sie bis an die See nach *Portobello* sehen konnte. Brooke liebte das Meer. Die Bewegung des Wassers gab ihr das Gefühl, sich durch bloßes Zusehen zu entspannen.

Immer wieder raubte es ihr den Atem hier so hoch oben zu stehen. Nicht nur wegen des Anstiegs. Es war einfach unfassbar, wie weit die Sicht bei klarem Wetter war. Bei wärmeren Temperaturen saß sie gerne eine Weile auf der Steinbank und genoss die Aussicht. Sie atmete tief die würzige Luft ein, die die stets feuchten Moose und Flechten verströmten. Um sie herum blühte langsam die Heide auf. Ein Vorteil des ständig wechselnden Wetters in Schottland war, dass die Natur ausreichend mit Wasser versorgt war und gedeihen konnte. Das Gras war immer grün und saftig. Trocken- oder Dürreperioden kannte man nicht. Doch heute wurde ihre Idylle jäh unterbrochen. Denn plötzlich raste Hook vermutlich einem Hasen hinterherjagend an ihr vorbei und war bereits wieder auf dem Weg bergab. Laut bellend verschwand er hinter einer Kurve. Brooke stöhnte auf und rannte nach Rosa rufend hinterher. Die Hündin nahm an, dass sie mit ihr spielen wollte und sprang an ihr hoch, so dass Brooke beinahe zu Fall kam. Gerade konnte sie sich noch abfangen, als sie eine Männerstimme brüllen hörte: »Hau ab! Verdammter Köter, hau ab!« Hook bellte immer noch aufgeregt. Als Brooke um die Biegung kam, sah sie wie ein groß gewachsener Mann in der Terrassentür der Villa stand und auf Hook einzuwirken versuchte, der wie verrückt in das davor gepflanzte Gebüsch bellte. Brooke sprang auf ihn zu und zog ihn am Halsband zurück. Hook aber schien sich gar nicht beruhigen zu können. Er hing mit den Vorderpfoten in der Luft und bellte immer noch.

»Nehmen Sie den Köter an die Leine, wenn Sie ihn nicht im Griff haben!« blaffte der Mann Brooke an. Da nahm sie ihn zu ersten Mal richtig wahr. Er sah ziemlich verschlafen aus und es hatte den Anschein, dass er in seiner Kleidung genächtigt hatte. Sowohl sein Gesicht als auch sein Hemd und Hose waren ziemlich zerknittert. Seine rotblonden Haare standen in alle Richtungen ab.

»Entschuldigen Sie bitte die Störung. Ich weiß nicht, was in ihn gefahren ist. Ich glaube, er hat ein Kaninchen gejagt.« Brooke war die Situation mehr als unangenehm. Sie mochte es nicht, mit Menschen aneinander zu geraten. Den Hund hinter sich herzerrend lief sie rückwärts davon.

»Aye! Wenn er ein Jäger ist, muss er an die Leine! Vor allem auf meinem Grundstück! Merken Sie sich das für die Zukunft!« Damit schlug er die Terrassentür zu und verschwand aus ihrem Sichtfeld. Brooke zitterte am ganzen Körper während sie das Grundstück verließ. Sie hasste solche Konfrontationen.

Sam stand in der Küche. Während er sich abmühte, die technisch anspruchsvolle Kaffeemaschine in Gang zu bringen, sah er Brooke nach, wie sie zügig die Straße hinablief. Einer ihrer Hunde sprang vor ihr her und den anderen zog sie an der Leine mit sich. Er mochte keine Hunde. Er wusste nicht warum. Es war einfach so. Im Besonderen konnte er es nicht leiden, von einem kläffenden Monster nach so einer Nacht auf der Couch unsanft geweckt zu werden. Er konnte sich nicht erklären, warum er dort eingeschlafen und nicht mehr aufgewacht war. Vermutlich doch der Jetlag. Auf jeden Fall war er jetzt ziemlich verspannt und spürte unangenehm seinen steifen Nacken. Vermutlich war das passiert, als er sich so abrupt aufgesetzt hatte als dieser Hund vor seiner Terrasse diesen Radau gemacht hatte. Als er sich endlich eine Tasse einschenken konnte, klingelte das Telefon.

»Na, alter Junge? Gut gelandet? Ausgeschlafen?«

Sam stöhnte: »Gott, George. Wie kann man am frühen Morgen schon so drauf sein? Deine gute Laune ist ja ekelhaft!« Sams guter Freund George McMullen lachte dröhnend in den Hörer.

»Wenn Du noch nicht wach bist, warum gehst du dann ans Telefon?«

Sam zog die Stirn in Falten als er sich an seinen Tagesbeginn erinnerte: »Stell Dir vor, hier auf dem Gelände stehen nur diese beiden Häuser und ich werde von einem tollwütigen Hund geweckt!«

George lachte lauf auf: »Was für ein Hund? Hast du Mrs. Walker kennengelernt?«

»Kennengelernt ist nicht das richtige Wort. Ich bin ihr begegnet und zwar sehr unschön und sie hatte großes Glück, dass ich nicht bewaffnet war. Sonst würde sie heute ihren Hund beerdigen müssen!«

George kriegte sich gar nicht mehr ein, vor allem, weil er Brookes eher sanftes und besonnenes Wesen kannte: »Was zur Hölle ist passiert?«

Während Sam ihm die Geschichte aus seiner Sicht erzählte beruhigte sich George langsam.

»Eigentlich wollte ich sie Dir auf anderem Weg vorstellen. Brooke ist für Deine Einrichtung verantwortlich. Und ich finde, das hat sie sagenhaft hinbekommen. Sie hat die Pläne und Ausführung übernommen und Tessa sehr bei der Auswahl der Möbel unterstützt.«

Sam murrte: »Aye. Auf dem Gebiet hat sie definitiv mehr drauf als bei der Erziehung ihrer Hunde.«

Sie unterhielten sich noch eine Weile über geschäftliche Dinge und vereinbarten ein Treffen im Laufe der Woche.

Brooke versuchte den Vorfall am Morgen schnellstmöglich zu vergessen. Nachdem sie während des Frühstücks mit ihrer Tochter, die seit geraumer Zeit mit ihrem besten Freund Harry in Dundee in einer Art Wohngemeinschaft lebte, über Skype kommuniziert hatte, entspannte sie sich langsam. Ihre Tochter wollte in drei Wochen zu Besuch kommen. Diese freudige Nachricht ließ Brooke schließlich zur Ruhe kommen und sie machte sich beschwingt an die Arbeit.

Am Nachmittag nahm Brooke einen gemeinsamen Termin mit George bei einem Kunden wahr, um einen Schrank zu begutachten, der aufgearbeitet werden sollte. Sie wartete im Auto vor einem prunkvollen Gebäude in einem der nobleren Vororte Edinburghs, als George seinen Wagen hinter ihr einparkte. Zur Begrüßung küsste er sie auf beide Wangen und warnte sie: »Kent Murray ist ein bisschen speziell. Geh auf seine Kommentare gar nicht ein, denk einfach nur an das Geschäftliche. Er kauft und verkauft bei mir immer wieder verschiedene Immobilien.«

Brooke starrte ihn fragend an, konnte aber nicht mehr nachhaken, wie er das ‚speziell' wohl meine, da sich in diesem Augenblick die Haustüre öffnete und Kent Murray sie überschwänglich begrüßte. Er trug einen seidenen Morgenmantel und offensichtlich nichts darunter. Seine nackten, sehr behaarten Beine steckten in überaus teuren Lederschuhen. »George, mein Bester! Schön, dass Du einen Termin für mich einschieben konntest! Und das ist wohl die Künstlerin? Mrs. Walker, meine Verehrung!« Die Arme weit ausgestreckt kam er auf Brooke zu und küsste ihr formvollendet die Hand. Brooke war konzentriert darauf, ihm direkt in die Augen zu sehen, weil sie panische Angst davor hatte, dass sich der Gürtel von seinem Morgenmantel lösen konnte und er plötzlich nackt wie Gott ihn schuf vor ihr stand. Sie wusste nicht wie sie auf diesen Gedanken kam, aber Mister Murrays Aufmachung erschien ihr etwas merkwürdig. Während er seine beiden Gäste ins Haus führte, ließ er Brooke nicht mehr los, bis sie sich letztendlich dadurch von ihm lösen konnte, indem sie das Objekt, dass sie bearbeiten sollte, mit beiden Händen anfassen musste. Trotzdem spürte sie seinen warmen Atem in ihrem Nacken, als sie den Schrank, den sie von ‚langweilig‘ auf antik gestalten sollte, inspizierte. Er stand unmittelbar hinter ihr um die gleiche optische Perspektive wie sie zu haben. Es umgab ihn ein süßlich schwülstiger Geruch, der Brooke erschaudern ließ.

»Mr. Murray. Das hier ist kein antiker Schrank aus der Renaissance, der restauriert werden soll, oder? Das ist ein Biedermeier aus der Zeit um achtzehnhundertzwanzig oder den dreißiger Jahren. Der ist doch noch gut in Schuss.« Fragend drehte sie sich zu ihm um.

Beschwichtigend hob er die Hände: »Nein, nicht restauriert. Der soll alt gemacht werden. Ich habe im Zimmer nebenan ein paar antike Kleinmöbel und alte Teppiche. Da möchte ich ihn gerne dazu stellen können.«

Innerlich verknotete sich Brooke der Magen. Sie umgab sich gerne mit alten Möbeln, die eine Aura ausstrahlten und deren Patina ihr eine Geschichte erzählten. Aber ein aus einer anderen Epoche stammendes Möbelstück derart zu verwandeln, widerstrebte ihr. Sie war sich auch nicht sicher, ob sie dazu fähig war. Brooke schätzte den Wert eines alten Möbels viel zu sehr als dass sie es total verunglimpfen wollte.

»Kann ich einmal die anderen Möbel sehen, damit ich ungefähr eine Richtung habe, wie der Schrank aussehen soll?« Brooke wagte es nicht, sich zu rühren, so dicht stand Kent Murray hinter ihr. George allerdings schien ihre Zerrissenheit zu spüren und ergriff das Wort: »Kent, Sie haben nichts davon gesagt, dass aus einem Biedermeier-Schrank ein Barock-Modell gemacht werden soll. Dies ist nicht so ganz unsere Richtung...«

»Und zudem schwierig,« ergänzte Brooke. Biedermeier zeichnete sich aus durch schlichte Formen und gerade Linien. Mit Verzierungen hatte man in dieser Zeit gespart. Wogegen die Barock-Möbel durch aufwendige, fast schon schwülstige Ornamente hervorstachen. Biedermeier wollte, dass man sein Augenmerk auf die Maserung des verwendeten Holzes richtete und nicht auf Bögen und Schleifen. Auch hatten diese Biedermeier-Möbel einfache gedrechselte Sockel und keine in geschwungener Form, womöglich noch in Gold.

Wortlos schob Kent Brooke in den angrenzenden Raum. Sie nahm zur Kenntnis, dass George die Luft hörbar einatmete als er nach ihr einen Blick in das Zimmer warf. Der Raum war beinahe dunkel, schwere Vorhänge aus tiefrotem und goldenem Brokat verhüllten die hohen Fenster. Die Tapete könnte aus der Zeit Ludwig des Vierzehnten stammen und war ebenfalls in einem dunklen Rot gehalten und mit einem schwarzen Samtrelief-Muster verziert. In der Mitte des Raumes befand sich ein riesiges kreisrundes Bett. Der Überwurf war aus dem gleichen Material und in den gleichen Farben wie die Vorhänge gehalten. An der Wand stand ein antiker Schrank im Barock-Stil und daneben ein dazugehöriger Schminktisch. An den Wänden hingen verschiedene Peitschen und Reitgerten. Auf der Kommode thronten auf Porzellanköpfen verschiedene Perücken. Der ganze Raum bescherte Brooke ein mulmiges Gefühl und sie schüttelte sich unmerklich.

Kent umfasste Brookes Taille und versuchte sie an sich zu ziehen: »Meine Liebe, ich wollte Sie nicht in die Irre führen. Aber ich dachte, was so rum funktioniert, geht auch anders herum. Ich weiß sonst gar nicht, was ich mit dem Schrank machen soll.«

Brooke versteifte sich und wand sich aus seinem Arm. »Ja, leider kann ich Ihnen da gar nicht helfen. Denn schon aufgrund des Zustandes lässt sich hier nichts machen. Das Material hat keine Poren, die eine Struktur entstehen lassen würden, so dass etwas Antikes sichtbar gemacht werden könnte.«

Jetzt sah sie Kent traurig an und legte ihr seine Hand auf den Arm: »Das ist sehr, sehr schade. Aber wenn Sie das so sagen, kann man wohl gar nichts machen?«

Brooke schüttelte den Kopf und trat einen Schritt zurück, angeblich um den Schrank noch einmal in Augenschein zu nehmen. In Wirklichkeit aber nur, um seinem Griff um ihren Arm zu entkommen.

Als sie zusammen mit George wieder auf der Straße stand atmete sie tief durch: »Jetzt weiß ich, was Du mit ,speziell' gemeint hast.« George schüttelte nur den Kopf und antwortete: »Er ist ein guter Kunde meines Bankhauses. Ich wollte ihn nicht verärgern und hab deshalb der Begutachtung zugestimmt. In der Bank verhält er sich schon extrem aber ich dachte nicht, dass man das noch steigern kann. Tut mir leid für den Auftrag, den du da verpasst.«

Brooke schnaubte: »Da war echt nichts zu machen, das wäre nie ein Auftrag geworden. Der Schrank ist nicht auf alt zu machen und schon gar nicht in diesem Stil.« Sie deutete mit dem Kopf nach oben. »Keine Chance!«

George legte ihr die Hand in den Rücken und schob sie sanft zu ihrem Wagen: »Brooke, ich muss zurück in die Bank. Aber da ist noch etwas anderes: Sam möchte die Innenarchitektin kennenlernen, die sein Haus eingerichtet hat.«

Brooke zog die Stirn in Falten: »Sam? Wer ist nochmal Sam?«

»Dein Nachbar oberhalb.« George lachte. »An einem der nächsten Wochenenden will er uns zum Essen einladen.«

»Oh! Mein Nachbar.« Brooke zog das Wort Nachbar in die Länge. Auf ein Essen bei diesem Miesepeter hatte sie nun überhaupt keine Lust. Und er, wenn er erfuhr, wen er einladen würde, wahrscheinlich auch nicht.

»Also weißt Du, George, die Kinder kommen jetzt dann irgendwann auf Besuch. Da weiß ich im Moment nicht wie das mit einem freien Wochenende aussieht. Aber ihr habt euch doch ewig nicht gesehen und bestimmt eine Menge zu besprechen. Vielleicht stören wir doch…«

George öffnete ihre Wagentüre und ließ sie einsteigen: »Er bleibt jetzt erst einmal eine Weile in Schottland, also werden wir irgendwann einen Termin finden, da bin ich mir sicher. Fahr vorsichtig!« Damit schlug er ihre Türe zu und ging zu seinem Auto.

Während Brooke nach Hause fuhr, hatte sie die Einladung schon ad acta gelegt. Hätte sie gewusst, dass so eine übellaunige Person in die Villa gezogen wäre, hätte sich ihr Engagement in Grenzen gehalten. Sie konnte sich noch gut darin erinnern, wie sie nach dem Verkauf zusammen mit Tessa die Räumlichkeiten betreten hatte:

,Sam ist ein harmoniebedürftiger, großzügiger und freundlicher Mensch, der seinen Lebensmittelpunkt noch nicht gefunden hat. Er pendelt zwischen Schottland und Amerika hin und her wie ein Getriebener. Immer wenn er mit George zusammen in den Staaten ist, jammert er, dass er Schottland und die Ruhe vermisst. Aber hier hält er es irgendwie auch nie lange aus. Genauso seine Frauengeschichten… Jedes Mal ist es für ihn die ganz große Liebe und entpuppt sich dann als totaler Flop. Die Damen sind mir persönlich auch äußerlich manchmal etwas zu extrem und meines Erachtens nur auf sein Geld aus. Aber wehe ich spreche das aus!'

Tessa hatte bei dieser Erklärung die Augen verdreht. Dann beschrieb sie Brooke gegenüber weiter Sams gute Charaktereigenschaften und sprach von seiner Zuverlässigkeit, seinem Ehrgeiz und vor allem von seinem guten Herzen. Damals konnte es Brooke gar nicht erwarten, ihn irgendwann kennenzulernen. Dies sollte allerdings erst zwei Jahre später stattfinden. Und diese Begegnung würde Brooke wohl eine Weile in Erinnerung bleiben. Allerdings nicht in besonders guter.

Gedankenverloren nahm sie die Abzweigung um von der Hauptstraße auf die Privatstraße zu ihrem Haus zu gelangen. Da sie Gegenverkehr nicht gewohnt war, bemerkte sie das herannahende Fahrzeug nicht sofort. Sie musste sich erst daran gewöhnen, auf entgegenkommenden Verkehr zu achten. Der Porsche versuchte nach rechts auszuweichen, hatte aber keine Chance an ihr vorbeizukommen, da sie viel zu weit auf der Gegenfahrbahn stand. Somit musste er eine Vollbremsung hinlegen, die sein Fahrzeug gefährlich ins Schlingern geraten ließ. Wild hupend gestikulierte ihr der Fahrer, sie möge zurückzufahren. Gerade als sie zurücksetzen wollte, kamen mehrere Autos die Hauptstraße entlang. Daher musste sie eine geraume Zeit warten bis sie etwas zurückstoßen konnte. Beim Blick auf den Porsche bemerkte sie, dass Sam verärgert die Hände in die Höhe hob. Als immer noch einige Fahrzeuge verhinderten, dass Brooke rückwärts auf die Straße fahren konnte, stieß er mit durchdrehenden Rädern zurück und gab ihr das Zeichen, an ihm vorbeizufahren. Sie bedankte sich bei ihm mit einem Nicken, erntete jedoch nur einen bösen Blick. »So viel zu seinem guten Herzen…«, seufzte sie, als sie schlussendlich in ihre Einfahrt einbog.

Die nächsten Tage vergingen, ohne dass Brooke Sam begegnete. Allerdings verlegte sie ihre morgendlichen Spaziergänge mehr in die Richtung des *Holyrood Parks*, in dem frühmorgens noch keine Wanderer und Touristen unterwegs waren, um gar nicht erst Gefahr zu laufen, anderen Menschen, und im Besonderen, ihrem Nachbarn, zu begegnen.

Derzeit arbeitete sie an einer Sitzgruppe, die in einer Hotellobby stand und dessen Geschäftsführer gleich mehrere Möbel für den Eingangsbereich frisch aufpolstern und neu überziehen ließ. Bei einigen Stühlen probierte sie etwas Neues aus. Es gab eine reine Leinölfarbe, mit der man Sitzpolster bemalen konnte. Dadurch blieb die Struktur der aufgepolsterten Sitzfläche erhalten und ergab eine kostengünstigere Variante der Neugestaltung. Die Oberfläche musste jedoch einige Zeit an der Luft trocknen, so dass Brooke auf mildes Wetter hoffte. Die Tage wurden jetzt deutlich wärmer und sie teilte sich die Arbeiten so ein, dass sie das meiste außerhalb der Scheune im überdachten Anbau verrichten konnte. So verflüchtigte sich der Geruch des Klebers und der Farbe schneller. Außerdem liebte sie es, draußen zu arbeiten. Die Hunde lagen im Hof und beobachteten sie, wenn sie nicht gerade umherstromerten oder schliefen.

Das Radio war an und sie summte das eben gespielte Lied mit, als sie hörte, wie von oben ein Auto den Berg herunterkam. Und zwar ziemlich zügig. Mr. Sam McDonald persönlich! Rasch sah Brooke sich um, ob ihre Hunde beide auf dem Grundstück waren oder Gefahr liefen, überfahren zu werden. Gerade als sie Hook und Rosa in der Wiese nach Fliegen schnappen sah, quietschen draußen die Reifen und sie sah wie der Porsche quer auf dem Weg stand. Aus den Augenwinkeln registrierte sie ihre graue Katze Luna, die wie vom Blitz getroffen, mit langen Sprüngen im Gebüsch verschwand. Wenn er sie angefahren hatte, würde sie ihn erwürgen. Wütend stapfte sie auf den Weg hinaus, als er auch schon aus dem Wagen sprang: »Gehört das Scheiß-Katzenvieh auch Ihnen?« schrie er sie aufbrausend an. Mit unverhohlener

Wut und ungezügeltem Zorn in den Augen nahm er ihr allen Wind aus den Segeln und der Mut verließ sie. Mit zitternder Stimme fragte sie: »Ist Ihnen etwas passiert?«

»Aye! Schauen Sie sich mal den Wagen an!« herrschte er sie an und zog sie am Arm um das Auto herum. Panisch machte sie sich von ihm los und sprang einen Schritt zur Seite. Dabei geriet sie in den Graben neben der Straße und strauchelte. Ohne auf sie zu achten, schrie er weiter: »Die ganze Seite ist verkratzt!« Als Brooke wieder sicher auf der Straße stand besah sie sich den Schaden. Die Beifahrerseite war mit ein paar hässlichen Kratzern versehen. Vermutlich hatte er bei seinem Ausweichmanöver einige kräftigere Zweige der halbhohen Hecke gestreift. Aber insgesamt hatte sie es sich schlimmer vorgestellt.

»Lassen Sie es reparieren, ich bezahle das.«

»Frau, sind Sie noch ganz bei Sinnen? Haben Sie eine Ahnung was das kosten kann? Das ist ein Porsche! Das werden Sie nicht mal eben aus ihrer Portokasse bezahlen können.« Fassungslos starrte er sie an.

Jetzt wurde sie doch wütend und blaffte zurück: »Lassen Sie das mal meine Sorge sein. Schicken Sie mir einfach die Rechnung und gewöhnen sie sich für die Zukunft ein anderes Tempo an, wenn Sie hier vorbeifahren. Für Steinschläge komme ich nämlich nicht auf. Weil die Scheiß-Steine mir nicht gehören!« Sie betonte das Wort Scheißsteine extra stark als Retourkutsche auf das Scheiß-Katzenvieh, das er ihr zuvor an den Kopf geworfen hatte. Damit drehte sie sich um und ließ ihn stehen. Bei ihrer Hofeinfahrt angekommen wandte sie sich noch einmal um und zischte ihm zu: »Meine Adresse haben Sie ja.« Damit knallte sie das Gatter hinter sich zu und betete, dass er nicht mehr mitbekam, wie sie am ganzen Körper zitterte.

Am Samstag kam Brooke gerade vom Einkaufen zurück und fuhr auf die Absperrung zu. Als sie blinkte und zum Abbiegen ausholen wollte, öffnete sich die Schranke und der Porsche rauschte an ihr vorbei in Richtung Hauptstraße. Der Fahrer würdigte sie keines Blickes. Aber das beeinträchtigte ihre Laune in keiner Weise. Ihre Tochter würde heute zu Besuch kommen und ein paar Tage mit ihr verbringen. Übermorgen würden sie dann zusammen nach Glasgow fahren, wo ihr Sohn mit seiner Mannschaft in der internationalen Fußball-Liga gegen eine portugiesische Mannschaft spielen würde.

Savannah studierte mittlerweile an der *University of Dundee*, kam aber so oft wie möglich zu Besuch. Auch ihren guten Freund Harry mochte Brooke gut leiden und hatte nichts dagegen, wenn er sie begleitete und mit ihr hier übernachtete. Sie hatte ihn bereits zu ihrer Anfangszeit in Edinburgh kennengelernt Es wurde nie darüber gesprochen, aber Brooke war überzeugt davon, dass Harry schwul war. Er war Mitglied einer englischen Boygroup-Band, die gerade auf dem Weg war, in den Musik-Charts aufzutauchen. Wobei Brooke mit dieser angeblichen Berühmtheit nicht wirklich etwas anfangen konnte. Für sie war und blieb er der Harry von nebenan, ein Normalo, der in einem alten Volvo Kombi vorfuhr und sich in ebenso alten Jeans und T-Shirt auf ihre Couch fläzte, wenn sie alle beieinander waren. Der blasse, hochgewachsene junge Mann mit seinen ernsten Augen und den dunklen Locken war einer der höflichsten Menschen, den Brooke kannte. Und auch sehr zurückhaltend. Selbst wann immer Brooke im TV einen Clip von seiner Band sah, konnte sie ihn nicht mit dem Harry den sie kannte in Einklang bringen und an einen großen Erfolg glauben. Außerdem hielt sie seinen Tanzstil samt Choreographie für äußerst merkwürdig und gelangte zu der Erkenntnis, so tanzten nur Männer, die Männer liebten. Erklären konnte sie es nicht. Es war nur ein Gefühl. Und ihr Gefühl hatte sie noch nie getrogen. Glaubte sie jedenfalls…

Somit kam es ihr ganz gelegen, dass ihre Tochter ihn als ständigen Begleiter hatte, aber nicht damit rechnen musste, irgendwann schmerzhaften Liebeskummer erfahren zu müssen. Diesbezüglich hatte sie selbst ja ihre Erfahrungen gemacht und würde alles unternehmen, um ihre Kinder vor dem bitteren Ende einer Liebes-Beziehung zu schützen. Dem Anschein nach waren Savannah und Harry sehr gute und enge Freunde, die sich aus Kostengründen eine kleine Studentenwohnung teilten. Manchmal hatte es den Anschein, die beiden seien ein altes Ehepaar. Nur die sexuelle Orientierung des männlichen Parts in dieser Beziehung passte eben nicht dazu. Harry war darüber eher belustigt als beleidigt und ließ sie in ihrem Glauben. Das rechnete Savannah ihm hoch an. Mehrmals hatte sie ihre Mutter schon darüber aufklären wollen, dass Harry alles andere als Männer begehrte und dass sie sehr wohl ein Paar wären. Aber aus ihren ganz persönlichen Gründen verschloss sich Brooke dieser Tatsache. Irgendwann ließ Savannah ihrer Mutter ihren Glauben und der Stand der Beziehung blieb ein ungeklärtes Thema.

Den Kindern hatte Brooke das komplette erste Stockwerk im Haus überlassen. Jeder bekam sein eigenes Zimmer mit direktem Zugang zu dem jeweils angeschlossenen Bad. Im Grundriss waren von vorn herein mehrere kleinere Zimmer geplant gewesen. Sie musste lediglich in neue zusätzliche sanitäre Leitungen und Badezimmer-Einrichtungsgegenstände investieren. Dies war zwar äußerst kostspielig gewesen aber Brooke war es wichtig, dass sowohl Luke als auch Savannah dies als ihr Zuhause betrachteten. Sie sollten jederzeit wann immer sie wollten und für wie lange sie wollten, hier mit ihren jeweiligen Lebenspartnern beziehungsweise Freunden wohnen können, ohne das Gefühl zu haben, auf Besuch zu sein. Dieses Mal aber kam Savannah allein, da sie Semesterferien hatte und Harry irgendwo auftreten musste. Zum Fußballspiel wollte er aber auf jeden Fall mitkommen. Savannah und ihr Bruder Luke hatten ein enges Verhältnis und wann immer es die Zeit zuließ, verpasste sie kein Spiel von ihm, vor allem nicht auf internationaler Ebene. Hin und wieder flogen Brooke und ihre Tochter für ein Wochenende nach Madrid, Lissabon oder Mailand um ihn zu sehen.

Nachdem das Wetter mitspielte, wollten sie abends zusammen grillen. Während der Zeit als sie noch bei ihren Eltern in England lebten, hatten sie ab und an im Garten gegrillt. Aber in der dicht bewohnten Siedlung war immer von irgendeinem Haushalt Wäsche im Garten zum Trocknen aufgehängt. Selbst am Sonntag. Und Brookes Mutter war es jedes Mal unangenehm gewesen, draußen am Tisch zu sitzen, während eine Nachbarin ihre ehemals frische, nun aber rauchgeschwängerte Wäsche von der Leine riss. Dieses Unwohlsein ihrer Mutter hatte sie mit übernommen und sie achtete stets auf ihre Umgebung, wenn sie ein Feuer machte. Aber hier in den Hügeln konnte sie nun den Grill anzünden, wann immer sie wollte. Manchmal sogar nur für sich allein. Ihre Familie und Freunde schätzten ihre Einladungen mit allem was dazugehörte. Brooke liebte es, das Fleisch selbst zu marinieren, Folienkartoffeln und Salate in Mengen zuzubereiten sowie das Backen von frischem Brot. Sie mochte die schottischen Scones auch, aber ihrer Meinung nach ging nichts über ein warmes dunkles Brot, dick mit Kräuterbutter bestrichen oder später einen frischen Hefekuchen mit selbstgemachter Marmelade.

Während sie ihre Einkäufe ins Haus trug klingelte das Telefon.

»Hallo, meine Liebe!« Brooke lachte. Wenn Tessa anrief und sie ‚meine Liebe' nannte, wollte sie etwas von ihr beziehungsweise führte etwas im Schilde.

»Spuck's doch gleich aus, Tessa. Um was geht es?« Brooke lächelte. Sie spürte einmal mehr die wohltuende Freundschaft, die sie mit George und Tessa verband. Sie kannten sich erst seit ein paar Jahren, waren aber so sehr vertraut miteinander, als würden sie sich ein Leben lang kennen. Es wurde nicht um den heißen Brei herumgeredet, wenn etwas anlag.

»Luke spielt doch am Dienstag in Glasgow oder nicht?«

Da hätte Brooke auch von allein draufkommen können. George war ein begeisterter Fußball-Fan. Ach was, George begeisterte sich für alles was mit Sport zu tun hatte. Sie hätte die beiden von vorne herein darauf ansprechen sollen, ob sie mitkommen wollten.

»Ja. Das ist richtig. Ich bin echt blöde, ich hätte Euch auch fragen können. Aber ich ruf Luke an, es ist sicher kein Problem noch Karten zu bekommen. Wie viele brauchst Du?«

»Ich selber kann leider nicht, aber George würde gerne mit Sam hingehen. Er bezahlt die Karten auch.«

Gerade wollte Brooke Tessa noch anbieten, dass sie gemeinsam fahren könnten, aber wenn George mit diesem Sam auftauchte, wäre ihr Abend mit Sicherheit im Eimer. Und Lust, ihn die Karte bezahlen zu lassen, hätte sie schon – nach dem Theater mit dem Porsche.

»Nein, bezahlen braucht er die Karten auf keinen Fall. Ich ruf Luke an und gebe Dir Bescheid. Das klappt bestimmt.«

Sie unterhielten sich noch ein paar Minuten über Tessas Schwangerschaft und legten dann auf. Tessa war 35 Jahre alt und damit zehn Jahre jünger als Brooke und bekam ihr zweites Kind. Brooke war fünfundvierzig Jahre alt und ihre Kinder waren bereits erwachsen. Einen Augenblick dachte sie darüber nach wie es wäre, noch einmal ein Baby zu haben. Den Gedanken verwarf sie jedoch mangels eines Erzeugers schnell wieder. Alles war gut so wie es war …

Am Samstagmorgen fuhr Brooke in die Stadt um Savannah vom Bahnhof an der *Waverley Station* abzuholen. Zu diesem Zeitpunkt war der ganze Ärger mit und um Sam bereits vergessen. Sie freute sich auf das Wochenende mit ihrer Tochter und auf das bevorstehende Treffen mit ihrem Sohn. Sie würden zusammen kochen oder wenn das Wetter mitspielte grillen und sich dabei über alles Mögliche unterhalten. Obwohl ihre Tochter ihr eigenes Leben führte und zusammen mit Harry ein ziemlich turbulentes sogar, kam sie immer gerne nach Hause. Brooke und Savannah konnten über Gott und die Welt reden aber sie konnten auch gut zusammen schweigen.

In warme Decken gehüllt saßen sie abends um die Feuerstelle. Brookes Vorliebe für Laternen und Kerzen in Windlichtern hüllte das Grundstück in ein sanftes Licht. Mutter und Tochter lehnten sich bequem in mit Schaffellen gepolsterten Korbstühlen zurück und unterhielten sich leise. Wann immer Brooke mit ihren Kindern zusammen war, erfüllte sie Frieden und Ruhe. Alles schien sich gefügt zu haben und im Fluss zu sein. Brooke dachte dabei an Tante Sully und fragte sich, ob sie diesen Schritt nach Schottland gewagt hätte, wenn ihre Tante nicht an die Küste gezogen wäre. Ihr Lebensweg verlief in geordneten Bahnen und auch der von Savannah hatte sich so entwickelt, wie ihre Tochter es sich vorgestellt hatte. Nach Abschluss ihres Studiums wollte sie in der Film- und Medienbranche arbeiten und hatte während einer Praktikumsstelle auch schon die entsprechenden Kontakte geknüpft.

Luke verwirklichte sowieso seinen Traum. Wenn Brooke zurückblickte und sich erinnerte, wie er reagiert hatte, als er erfahren hatte, dass sein Vater nach Kanada gegangen war und nicht mehr wiederkommen würde, bekam sie jedesmal eine Gänsehaut. Der kleine Junge hatte wortlos seinen Ball genommen und wütend gegen das große Tor der Holzwerkstatt gebrettert. Von diesem Tag an hatte er seinen Vater bis heute nicht wieder erwähnt. Brooke hatte ihn auch nie weinen sehen. Als wüsste er, dass er nun der Mann im Hause war und Stärke zeigen musste. Dasselbe hatte er getan als kurz hintereinander seine Großmutter und dann der Großvater gestorben waren. Wenn es Luke gut ging und er mit sich und seiner Welt im Reinen war, konnte er den Ball jonglieren und behandeln wie eine Kostbarkeit. Diese Kunst, seine Gefühle auf dem Fußballplatz auszudrücken, formten ihn letztendlich zu einem erfolgreichen professionellen Fußballspieler, der mittlerweile seinen Stammplatz beim Team von *Celtic Glasgow* hatte. Luke wusste, dass Schottland auf internationaler Ebene eher belächelt wurde aber es erfüllte ihn mit großem Stolz, das Trikot mit dem Kleeblatt zu tragen und im *Celtic Park* in der Kerrydale Street aufzulaufen. Die treuen, euphorischen Fans nannten ihr Stadion auch das *Parkhead*. Benannt nach dem Stadtteil in dem es lag, was so viel bedeutete wie Paradies.

Manchmal blickte Brooke auf die Zeit zurück, als ihre Kinder noch sehr klein waren. Mit der Hilfe ihrer Eltern konnten sie in einem guten Umfeld heranwachsen, älter und reifer werden. Und sie verspürte eine große Dankbarkeit darüber, dass keines der beiden auf die schiefe

Bahn geraten oder ihrer aller Leben anderweitig aus dem Ruder gelaufen war. Sie kannte genug alleinerziehende Mütter, die nur mit Mühe und Not über die Runden kamen und ihren Kindern nicht annähernd ein Zuhause bieten konnten, wie sie es vermochte. Irgendwann verblasste auch ihre Erinnerung an Tom, als hätte es ihn nie gegeben.

Ebenfalls wegstecken mussten ihre Kinder dann noch die Episode einer zweiten Liebesbeziehung. Es gelang ihnen in jedem Fall besser als Brooke.

Als Luke sieben Jahre alt war lernte Brooke Hugh kennen. Er arbeitete in einem Auktionshaus, an das Brooke nach dem Tod ihrer Eltern deren Fahrzeug zu verkaufen versuchte. Sie wollte sich erst nicht auf ihn einlassen aber Hugh war liebenswert und nie aufdringlich. Nachdem sie zwei Jahre lang regelmäßig miteinander ausgegangen waren, gab sie schließlich ihren Widerstand auf. Hugh war auch sehr angetan über Lukes fußballerisches Talent und begleitete ihn so oft er konnte zum Training und Spielen. Eigentlich immer. Luke genoss es und Brooke war guter Dinge, dass ihr Sohn nunmehr den vermeintlichen Vater erhielt, dessen Part sie in der Vergangenheit nicht übernehmen konnte. Savannah jedoch blieb ihm gegenüber vorsichtig und öffnete sich nur zaghaft. Ein kleiner Zweifel nistete sich auch in Brookes Kopf ein, doch die Möglichkeit, ihren Kindern einen Vater, wenn auch Stiefvater, zu bieten, ließ sie ihre Gewissensbisse und die Vorsicht über Bord werfen.

Als sie aber schlussendlich heirateten war Brooke davon überzeugt, sie wäre in dieser Ehe angekommen und in ihrer gegenseitigen Liebe wären sie unendlich fest verwachsen und würden alle Stürme überdauern. Mit Hugh glaubte sie, den Mann gefunden zu haben, der ihre Familie vollkommen machte. Der den Schmerz über den Verlust, der nach Toms Weggang und dem Tod ihrer Eltern sie stets begleitete, verblassen ließ. Der mit ihr durch dick und dünn gehen wollte. Die Kinder und sie hatten nun das Zuhause, das sie verdienten. Das Familienidyll, das Brooke immer nur bei anderen gesehen hatte, schien sich einzustellen. Hugh nahm die Kinder an, als wären es seine eigenen. Er kümmerte sich rührend um sie.

Einige Jahre später aber, als der Alltag eingezogen war und sich der Zauber der ersten Verliebtheit gelegt hatte, beschlich Brooke das Gefühl, dass sich Hugh vernachlässigt fühlte und sich zurückzog. In jeder freien Minute tippte er auf seinem Laptop und trug es überall mit sich. Zuerst war es ihr gar nicht aufgefallen, sondern sie war der Meinung, dass er sich in seine Arbeit flüchtete, weil ihm ihre Aufmerksamkeit fehlte. Selbst nachdem er sonntags wie ein Verrückter schrieb und den Laptop auch abends nicht abschaltete, wurde sie nicht gänzlich misstrauisch, sondern suchte die Ursache nach wie vor bei sich. Sie hielt Hugh nicht nur für einen treuen Ehemann, Geliebten und ehrlichen Weggefährten, sondern auch für einen zuverlässigen Freund und Stiefvater ihrer Kinder. Sie lastete es sich persönlich an, zu viel zu arbeiten und ihm nicht genügend Zeit zu widmen. Sie selbst war immer noch dabei, ihre Selbständigkeit aufzubauen und investierte viel Zeit in Auftragssuche und Beratung.

Als sie der Gedanke nicht mehr losließ, dass es womöglich an ihr lag und sie ihre Ehe vernachlässigte, fasste sie den Beschluss, dieses Versäumnis umgehend aus dem Weg zu räumen. So kam es, dass sie an einem Nachmittag im Frühjahr beschloss, Hugh in dem Fitness-Club, in dem er ab und zu Zeit mit Sport und Saunieren verbrachte, zu überraschen. Der Effekt war jedoch anders als erwartet. Sie sah ihren Mann im Wasserbecken in inniger Umarmung mit einer anderen Frau. Starr und sprachlos beobachtete sie die beiden eine Weile durch eine Glasscheibe, bis diese zusammen in einer der Saunakabinen verschwanden. Brooke stand der Schock buchstäblich ins Gesicht geschrieben. Sie hatte große Mühe sich wieder zu bewegen und nicht entdeckt zu werden.

Aber hätte sie jemals einen Gedanken daran verschwendet, wegen einer anderen Frau verlassen zu werden, hätte sie sich gewünscht, dass sie wenigstens eine hübschere Konkurrentin gehabt hätte. Aber diese Frau hatte keinerlei Ausstrahlung, war mit ihren kleinen Augen und den schmalen, verkniffenen Lippen nicht einmal annähernd attraktiv. Die Haare hingen ihr lang und strähnig vom Kopf, was auch dem Zustand des Schwitzens und Duschens geschuldet sein konnte aber auch die Farbe schwankte zwischen langweilig blond und mausgrau. Brooke versuchte, diese Person aus der Sicht eines Mannes zu betrachten und fand erst einmal kein Merkmal, sie anziehend zu finden.

Mit zitternden Händen kleidete sie sich wieder an und betete, dass niemand außer ihr die beiden erkannt hatte. In diesem Club, in dem sie sonst oft gemeinsam saunierten und viele Leute kannten. Nicht auszudenken, wenn einer ihrer Kunden ihren Ehemann mit einer fremden Frau in dieser eindeutigen Situation angetroffen hätte. Später einmal erfuhr Brooke, dass eine Bekannte die beiden bei heißen Umarmungen unter der Dusche beobachtet hatte. Das Pärchen wähnte sich wohl hinter den Milchglasscheiben irrtümlicherweise sicher.

Bevor sie nun handelte, musste sie einen klaren Kopf bekommen. Als Hugh nach Hause kam, begrüßte sie ihn wie gewohnt. Er benahm sich ebenfalls wie immer und ihr wurde übel. Unmerklich zog sich von ihm zurück. Sie würde vorerst keine Möglichkeit suchen, ihn mit ihren Beobachtungen zu konfrontieren, sondern würde den Zeitpunkt wählen, an dem sie sich stark genug fühlte, die Konsequenzen zu ziehen. Im Augenblick versagten ihr die Kräfte, ihm eine Szene zu machen.

Ein dummer Zufall wollte es, dass Hugh am darauffolgenden Samstagvormittag mit Luke zu einem Auswärtsspiel fuhr und tatsächlich vergaß, seinen Computer abzumelden. Brooke bemerkte es, als sie eine Druckerpatrone aus dem Büroschrank holen wollte. Nachdem der Bildschirm des Laptops hell aufleuchtete, blickte sie automatisch darauf. Es öffnete sich ein Fenster und gab das Foto einer Frau mit nacktem Oberkörper frei. Die Frau aus dem Fitness-Studio. Nachdem sie das Foto weiterscrollte erschien ein Chat mit einer weiblichen Person, die Hugh sehr nahestehen musste, denn es war von nie erloschener Liebe, Sehnsucht und Verlangen die Rede. Für Brooke schien die Welt stillzustehen, als sie lesen musste, dass sich Hugh mit einer Frau traf, mit der er schon vor sehr langer Zeit einmal zusammen gewesen war, dann aber aus den Augen verloren hatte. Durch einen Zufall hatten sie sich nach vielen Jahren in eben jenem Sportclub wieder getroffen und bei wiederholt stattfindenden Treffen festgestellt, dass die Gefühle für einander angeblich nie verloren gegangen waren.

Gleich zu Anfang ihrer Ehe begannen Brooke und Hugh zusammen in dieses Fitness-Studio zu gehen. Sie nannten es ihre ‚kleine Auszeit'. Aber mit der Zeit fühlte sich Brooke dort nicht mehr so besonders wohl, wenn sie bei anschließenden Saunagängen mehr oder weniger nackt auf ihre Kunden und Geschäftspartner traf. Eigentlich wäre sie gerne mit Hugh etwas außerhalb in einen Club gegangen, was aber zu umständlich war, weil sie einfach die Zeit zusammen in der Wellness-Oase verbringen wollten und nicht auf einer längeren Fahrt dorthin.

Brooke hielt sich dagegen grundsätzlich sowieso viel lieber im Freien auf. Die Bewegung an der frischen Luft war ihr angenehmer als das Gehen auf dem Laufband in einem stickigen Raum. Sie ging gerne in die Sauna aber das Training mit Geräten gehörte nicht zu ihren Lieblingsbeschäftigungen. Und somit kam es ab und zu vor, dass ihr Mann allein loszog. Und da Hugh ihren Zwiespalt akzeptierte, forderte er sie irgendwann nicht mehr auf, ihn zu begleiten. Heute wusste sie warum.

Die fremde Frau und Hugh versicherten sich gegenseitig, dass sie seinerzeit viel zu jung und unerfahren zusammengekommen waren, den anderen jedoch angeblich nie vergessen konnten. Damals hatte wohl auch ein Liebesurlaub in Italien die beiden nicht zusammenhalten können und sie trennten sich.

‚Zeit geht, Liebe besteht' war das Credo ihrer Chat-verläufe. Brooke konnte ihre Tränen nicht zurückhalten, wenn sie davon lesen musste, wie tief diese gegenseitige Sehnsucht war und wie intensiv den ganzen Tag hinweg miteinander kommuniziert wurde. Sogar während er mit Brooke und den Kindern im Sommerurlaub an der Küste war schrieb er, er fühle sich allein unter Menschen. Und mit den Menschen meinte er in diesem Fall seine Familie. Brooke wollte sich übergeben. Sie rief sich den gemeinsamen Urlaub ins Gedächtnis und fiel ins Boden-lose. Sie erinnerte sich, dass sie auf ihren Reisen ans Meer stets viel Nähe und Harmonie gespürt hatte. Wenn die Kinder schliefen, setzten sie sich zusammen mit einer Flasche Wein an den Strand und blickten auf fantasti-sche Sonnenuntergänge. Für sie waren es glückliche Fe-rientage gewesen, als sie zusammen die Glühwürmchen und einmal sogar die Polarlichter gesehen hatten. Es war die Zeit, in der sie sich so nah waren wie nie. Und Hugh versicherte ihr stets, dass er genauso empfand. Von einem dieser Abende aber schrieb er seiner Angebeteten, dass er sich allein fühle und nun zu Bett ginge. Dabei stelle er sich vor, *sie* läge neben ihm. Die Frau im Gegenzug schrieb, dass sie, wenn sie von Gefühlen und Sehnsucht nach ihm übermannt wurde, mit ihrem Mann schlief und sich vorstellte, Hugh sei es. Es schien eine unglaub-liche Intimität zwischen den beiden zu bestehen. Brooke rekonstruierte den Verlauf des Chats und demnach ging diese ‚Affäre' bereits beinahe über ein Jahr. Sie konnte und wollte nicht alles lesen und war mehr als entsetzt da-rüber, von einer so großen, angeblich über Jahre hinweg, bestehenden Sehnsucht zu erfahren. Und in kleinsten

Details wurde beinahe täglich beschrieben wie man sich gegenseitig umsorgen würde, hätte man die Möglichkeit für immer und ewig zusammen zu sein.

Brooke war so außer Gefecht gesetzt mit dieser Situation, dass sie oft nicht mehr in der Lage war, klar zu denken. Hin und wieder musste sie sogar Geschäftstermine absagen, weil es ihr nicht möglich war, einen Stift ruhig halten zu können.

Der Schmerz lähmte sie. Ihr Brustkorb fühlte sich an, als würde ein Schraubstock ihn fest umschließen und wenn sie an den Textverlauf und ihre augenblickliche Situation dachte, bekam sie kaum noch Luft. Ihr Herz war gefroren. Ihre Stimmungslage wechselte zwischen traurig und wütend. Das Auf und Ab ihrer Gefühle verhinderte, dass sie einen Plan fassen konnte um dieser Situation ein Ende zu bereiten.

Im Grunde wollte sie irgendwann den ganzen Schmutz auch gar nicht mehr lesen. Sie nannte es bewusst so. Vor allem weil einmal in der Konversation davon die Rede war, dass die angeblich erotischen Fotos, die ihm die Frau immer wieder zukommen ließ, kein Schmutz seien. Was Brooke allerdings nicht verstehen konnte, warum es bis auf die Besuche im Sportclub nur kurze Zusammentreffen im Auto auf einem öffentlichen Parkplatz gegeben hatte. Warum war es den beiden nicht möglich gewesen, öfter alleine zusammen zu kommen, wenn doch die Sehnsucht nach Nähe so groß war? Trotzdem rechnete sie insgeheim damit, dass Hugh sie verlassen würde und stellte die Weichen. Auch weil der Schmerz nicht nachließ. Wenn sie nachts nicht schlafen konnte, weil die gelesenen Nachrichten in ihrem Kopf kreisten, lag sie bis zum Morgengrauen auf den kalten Boden in der Küche und weinte lautlos. Bond, Savannahs damaliger Pflegehund war nicht selten ihr treuer Begleiter, der ihr die warmen Tränen vom Gesicht leckte. Am Tag versuchte sie krampfhaft die Spuren der Nacht zu verbergen damit ihre Kinder nichts von ihrem Dilemma bemerkten.

Brooke und Hugh waren zu einer Geburtstagsparty eingeladen. Zu dieser Zeit wusste sie noch nichts von dieser außerehelichen Verbindung. Hugh ging es an diesem Tag nicht so besonders, er war stark erkältet und gehörte eigentlich ins Bett. Aber es war sein ausdrücklicher Wunsch gewesen, der Einladung zu folgen. An diesem Abend hatte Brooke das Gefühl, das sie sich als Paar sehr nahe waren. Zumindest war er ihr gegenüber sehr aufmerksam. Sie lachten, tanzten und hatten viel Spaß miteinander. Brooke genoss den Abend in der großen Gesellschaft sehr. In einem der Chats las sie jedoch später über diesen Abend was er und diese Frau sich am darauffolgenden Tag mitteilten. Sie schrieb von ihrer Angst etwas Wertvolles zu verlieren, nämlich ihn. Sie könne sich gar nicht erklären, wie sie es so lange ohne ihn ausgehalten habe. Sie hielt ihn für einen anständigen Mann und sie wolle ebenfalls anständig sein. Sie würde nicht das blonde Gift sein und Unfrieden bringen. Aber sie kämpfte gegen die Liebe an und das wolle sie nicht. Ihre Wertvorstellungen hätten sich durch ihn um ein Vielfaches erhöht. Daraufhin antwortete er ihr, dass sie keine Angst haben musste, diese Liebe zu verlieren. Es könne nichts passieren. Weil er sie gar nicht mehr verlieren wollte. Diese Liebeserklärung kommentierte sie tränenreich. Brooke war erneut fassungslos. Wie stellte sich Hugh ihr gemeinsames weiteres Zusammenleben auf so einer Basis überhaupt noch vor? Wenn er diese Frau angeblich so liebte wie er ihr schrieb, wie konnte er dann überhaupt noch bei ihr und den Kindern bleiben? Vor allem sprach diese unmögliche Person von Wertvorstellungen und hatte dabei keine Hemmungen sich in eine Familie einzumischen. Außerdem erwähnte sie in einem Absatz, dass ihr Menschen, die alleine waren und auch Paare, die sich auseinandergelebt hatten, leidtaten. Sie bezeichnete es als Gefühlsarmut. Was für eine Scheinheiligkeit. Was war denn mit ihrer Ehe? Wenn sie sich mit ihrem Mann nicht irgendwo verloren hatte, warum trieb sie dann einen Keil in eine andere Partnerschaft und zerstörte dabei eine Familie? Dieser Satz ‚ich will anständig sein, ich will nicht das blonde Gift sein‘, schrie buchstäblich danach, dass er ihr widersprach. Dass er eine Möglichkeit suchen würde, um endlich die letzte Hürde dieser Affäre zu überwinden und mit ihr ins Bett zu gehen. Was er erstaunlicherweise während der ganzen Zeit dieser Verbindung aber nicht tat. Immer wieder erfand er Ausreden, um dieser Frau außerhalb der Öffentlichkeit aus dem Weg zu gehen. Irrwitziger Weise schob er stets Brooke als Grund vor, dass er sich nicht mit seiner Chatpartnerin treffen konnte. Diese Tatsache rechnete sie ihm in schwachen Momenten hoch an. Auch reagierte er nicht, als diese impertinente Person ihm anbot, *ihren* Hochzeitstag in einem Hotel mit *ihm* zu verbringen. Brookes Erstaunen über so viel Dreistigkeit und Skrupellosigkeit fand keine Grenzen. Wobei sich plötzlich der Wortlaut dahin veränderte, dass Hugh an der schriftlichen Kommunikation festhielt, die Frau aber auf persönliche private Treffen drängte. Scheinbar aber ohne Erfolg.

Weiter in diesem Chat-Verlauf kam zur Sprache, dass diese Beziehung definitiv kein Fremdgehen wäre, da die beiden sich ja nicht fremd wären. Schließlich kannten sie sich ja schon so lange. Diese Aussage ließ Brooke stark am Verstand der Beteiligten zweifeln.

Nachdem sie sich vorgenommen hatte, nur noch einen letzten Blick auf dieses Desaster zu werfen und sich nicht mehr so zu quälen, las sie dann doch noch einen Ausschnitt aus dem Chat. Dabei entdeckte sie neben dem Vornamen Janet auch den Nachnamen der Frau und forschte ein wenig nach. Es dauerte einige Zeit bis sie die nötigen Informationen zusammen hatte und durch einen dummen Zufall stieß sie dabei auch auf die Daten des Ehemanns. Janet O'Keegan betrieb eine Fußpflegepraxis in einer einige Kilometer entfernten Kleinstadt. Sie war verheiratet und hatte drei Kinder. Ihr Mann Andrew war Leiter der Marketingabteilung eines großen Unternehmens im Bereich der elektrischen Antriebstechnik ganz in der Nähe. Augenscheinlich war er sehr erfolgreich in seinem Beruf. Eventuell lag hier die Wurzel allen Übels. Ein angesehener Manager wurde gerne einmal vom weiblichen Kollegium umschwärmt und hofiert. Vielleicht sogar ein notorischer Fremdgeher? Brooke führte sich nun das Bild einer frustrierten, betrogenen Ehefrau vor Augen und schüttelte sich. Man hörte durchaus ab und zu davon, dass Ehen und Familien aufgrund einer überaus heftigen Büroaffäre zerbrachen. Aber wer rechnete schon damit, von so etwas betroffen zu sein? Schon gar nicht wenn die Vorzeichen nicht danach waren. Und nach Toms Abgang war sie der Ansicht, das schlimmste in ihrem Leben überstanden zu haben. Welch' ein Trugschluss!

Eines Tages nahm Brooke sich spontan einen Nachmittag frei und fuhr nach Lionsborough. Sie hatte die Adresse der besagten Familie ausfindig gemacht und parkte ihren Wagen gegenüber deren Haus. Sie war nicht wirklich darauf aus, eine Konfrontation mit der Frau zu suchen. Sie wusste gar nicht mehr genau, warum sie hierher gefahren war. Sie wartete einfach nur. Nach geraumer Zeit erschien ein großer schlaksiger, zahnspangentragender Halbwüchsiger auf der Bildfläche. Gefolgt von *ihr*. Aufgrund der engstehenden, schmalen Augen und dem zusammen gekniffenen Mund erkannte Brooke sie sofort. Sie betrachtete die Person genau. Sie hatte erwartet, eine vor Selbstbewusstsein strotzende Frau anzutreffen. Eine Frau, die mit den Gefühlen zweier Männer jonglierte. Brooke jedenfalls käme sich so vor, wäre sie selbst in dieser Lage. Sofern sie sich in dieser absurden Situation überhaupt je wiederfinden könnte. Aber diese Frau bewegte sich langsam und erweckte den Anschein, müde und kraftlos ihren Alltag zu bestreiten. Der Gesichtsausdruck wirkte frustriert und irgendwie blass und leer. Sie hielt den Oberkörper nach vorne gebeugt, als trüge sie eine Zentnerlast. Erleichtert fuhr Brooke davon. Sie hatte sich persönlich davon überzeugen können, dass sie nicht mit dieser Person konkurrieren musste. Wenn

Hugh für diese Frau so viel empfand wie er ihr vorgab, sollte er sie haben. Sie jedenfalls wollte ihn nicht mehr. Wahrscheinlich würde er nie wissen, was er verloren hatte, denn anscheinend hatte er nie gewusst, was er an ihr hatte. Es war nun der Zeitpunkt gekommen, ihn mit ihrem Wissen zu konfrontieren.

Bevor sie aber mit ihm sprechen konnte, entdeckte Brooke noch ein Selfie der Blondine, in dem sie eine Schnute zog und mit leicht geschlossenen Augen, die Haare im Gesicht, halbwegs schlüpfrig in die Kamera blickte. Es sollte wohl eine erotische Fotografie werden, Brooke jedoch musste laut auflachen, weil man beim genauen Betrachten des Bildes eher den Eindruck bekam, die Person sei einfach nur sturzbetrunken.

Irgendwann nahm sie sich selbst das Versprechen ab, wenn der Zeitpunkt gekommen war und sie diese zweite Ehe beendet haben würde, wollte sie sich nie mehr auf einen Mann einlassen. Sie brauchte all ihre Kraft, um die Kinder zu selbständigen, ehrlichen Menschen zu erziehen und musste unbedingt verhindern, dass beide noch einmal miterleben mussten, wie ein Mann ihre Mutter in die Knie zwang. Die Tatsache, dass zuerst der leibliche Vater sie in einer Nacht- und Nebelaktion verließ und sich dann der Mann, der diese Lücke füllte, als riesengroßer Lügner entpuppte, war nicht zu ertragen. Nach außen hin behielt sie den Kopf oben gemäß ihrem sich selbst auferlegten Motto: ‚Schlampen sind immer da. Aber die Frau fürs Leben kommt nur einmal und geht für immer!‘ Innerlich verkümmerte sie.

Eine Weile hielt sie diese Farce noch aufrecht, ohne je wieder in den Laptop zu sehen. Sie erlebte in dieser Zeit viel Auf und Ab. Hugh ließ sich überhaupt nicht anmerken, dass er eine Affäre hatte. Brooke bemerkte keine Defizite in ihrer Ehe oder ihrem Alltag. Sie schliefen nach wie vor mit einander und Hugh ließ keine Zweifel aufkommen, sie nicht zu begehren. Er war ihr gegenüber zuvorkommend und aufmerksam wie eh und je. Warum auch nicht? Er ahnte ja nicht im Geringsten, dass sie Bescheid wusste während sie einfach nur auf den richtigen Zeitpunkt wartete. Sie bekam dadurch allerdings auch nicht mit, dass Hugh die Liaison dann doch wieder aus freien Stücken beendete. Er schob wohl immer öfter seine Familie und im Besonderen seine Frau, vor, um diese Person auf Distanz zu halten. Die Frau bettelte um ein Treffen und ein klärendes Gespräch aber Hugh antwortete ihr, wenn überhaupt, nur noch in großen Abständen. Brooke jedoch hatte sich gefühlsmäßig schon von ihm gelöst. ‚Ein Schiff, das im Hafen liegt ist sicher' dachte sie zuerst lange Zeit, weil sie nicht den Mut fand, einen Schlussstrich zu ziehen. Vor allem musste sie die Kinder schützen. Doch dann rebellierten ihr Körper und ihr Geist und sie sagte sich, ‚dazu sind Schiffe nicht gemacht' und stellte ihn zur Rede. Er stritt nichts ab, gestand seinen Fehler und beteuerte ihr seine aufrichtige Liebe und Treue. Brooke hätte vielleicht mit der Tatsache, dass sie betrogen wurde, leben können. Was aber letztendlich den Ausschlag gab, sich von ihm zu trennen, war das Wissen, dass sie ihm nie mehr bedingungsloses Vertrauen entgegenbringen konnte. Auch wenn er ihr standhaft versicherte, er habe keines der geschriebenen

Worte jemals so gemeint wie sie es gelesen hatte, bat sie ihn wenige Monate nach ihrer Aussprache zu gehen. Ihr Leben war nie leicht gewesen und immer wieder galt es große Herausforderungen zu meistern. Aber niemals hätte sie einen anderen Menschen so hintergangen in dem sie ihm tagtäglich mehrfach schrieb, ihn unendlich zu lieben, schmerzlich zu vermissen oder nicht ohne ihn leben zu können. In einem schwachen Augenblick tat ihr die andere Frau fast leid, als sie sich in Erinnerung rief, von welch tiefer Zuneigung sie gegenüber Hugh stets gesprochen hatte.

Brooke hörte ihm kaum zu als er ihr seine Liebe zu schwören versuchte. Unbeirrt ließ sie ihn seine Sachen packen und informierte anschließend ihre Kinder behutsam und so oberflächlich wie möglich, weshalb sie sich von Hugh trennen musste und er aus ihrem Haus auszuziehen hatte. Zwei Jahre darauf traf sie ihre Entscheidung, das elterliche Haus zu verkaufen und ihren Wohnsitz nach Schottland zu verlegen. Als sie die Hausschlüssel an die neuen Besitzer übergab war es, als würde sie ein Buch zuschlagen. Die Demütigung konnte sie nie vergessen, aber mit der Zeit war es leichter, es zu auszuhalten und ihr Gang wurde wieder aufrechter.

Als Hugh die Haustüre endgültig hinter sich zuzog, erschien es Brooke, als sei Savannah erleichtert über diese Entwicklung, obwohl auch sie einige Zeit lang bittere Tränen darüber vergoss. Sie erlaubte es ihm, sie zu umarmen, sagte aber nicht auf Wiedersehen. Stumm ließ sie ihn einfach stehen und drehte sich um.

Luke hingegen wurde wieder zum großen Schweiger. Er flüchtete sich in sein Fußballspiel und verabschiedete sich von Hugh mit einem kurzen Satz, indem er es sich verbat, ihn je irgendwann noch einmal bei einem seiner Wettkämpfe auf den Sportplätzen anzutreffen. Dies, so erschien es Brooke, war für Hugh die Höchststrafe. Ob er jemals wieder mit seiner ‚großen Liebe' Kontakt aufgenommen hatte, war ihr nicht bekannt und sie wollte es auch nicht wissen.

Tessa, die von Brooke als einzige enge Vertraute in das unselige Geschehnis eingeweiht wurde, bat ihre Freundin dringend, sich Hilfe zu suchen. Brooke war zu dieser Zeit dauererschöpft und sah zunehmend blasser aus. Außerdem klagte sie hin und wieder über Schwindel und Schmerzen in der Brust. Immer öfter musste sie tageweise ihre Arbeiten unterbrechen, weil sie wegen ständiger Herzrhythmus-Störungen krank zu Hause blieb. Tessa beobachtete sie beinahe ein Jahr lang mit großer Sorge und unterstellte ihrer Freundin am *Brokenheart-Syndrom*' zu leiden, was diese kategorisch von sich wies. Und Brooke vergrub sich in Arbeit, nahm mehr Aufträge an als zu schaffen waren, bewältigte irgendwie ihren Alltag und versorgte die Kinder wie in Trance. Ihr einziger Wunsch war, ohne an etwas denken zu müssen genug Geld für ihre kleine Familie zu verdienen. Abends fiel sie todmüde ins Bett. Mehr als einmal bedauerte sie es, die Verantwortung für die beiden zu haben. Sonst hätte sie sich mit einer Handvoll Schlaftabletten und einer Flasche Rotwein von dieser Welt verabschiedet. ‚Sterben ist das Ausruhen vom Leben,' spukte es in ihrem Kopf.

Das Spiel verlief spektakulär. Glasgow versuchte von Anfang an Druck zu machen und keinesfalls ein Auswärtstor des Gegners zuzulassen, welches in der Champions League doppelt zählte. Luke hatte einige hochkarätige Chancen, die vom Gegner aus Lissabon stark verteidigt und vereitelt wurden. Zur Halbzeit stand es noch null zu null und die portugiesische Mannschaft erhielt immer mehr Tormöglichkeiten. Brooke hatte Luke gebeten, für George keine Karten in ihrer unmittelbaren Umgebung zu reservieren. Ihr Sohn hatte dies kommentarlos erledigt und auch nicht weiter nachgefragt. Somit konnte sie nun in Begleitung ihrer Tochter ganz unbefangen zum Bewirtungsstand gehen und für alle Bier und Sandwiches holen. Während sie auf die Schlange zulief und nebenbei in dem von der Decke hängenden Bildschirm die Wiederholungen einzelner Szenen verfolgte, lief sie auf einen ebenfalls in der Reihe stehenden Mann auf. »Entschuldigung!«, murmelte sie und erschrak als der Mann sich umdrehte. Sam! Das durfte wohl nicht wahr sein. Und er befand sich eigentlich überhaupt nicht in der Schlange, sondern er stand einfach mitten im Weg!

»Natürlich! Wer sonst!« brummte er als er Brooke erkannte. Bevor sie ihm aber etwas entgegnen konnte, lief George mit zwei Bechern Bier auf sie zu. Er nahm die Arme zur Seite und küsste sie auf die Wange. »Tolles Spiel. Luke ist in super Form. Sag ihm vielen Dank für die Karten!«

»Danke, freut mich, dass es Dir gefällt. Bestimmt wird es in der zweiten Halbzeit erst richtig spannend! Aber ich muss auch noch schnell ein Bier holen. Harry wartet auf uns auf den Plätzen.« Sie winkte den beiden zu und wollte weitergehen, als Sam ebenfalls einen sehr abschätzigen Kommentar zum Spiel abgab: »Wäre schön, wenn noch was passiert. Bisher hatte ja niemand etwas Spektakuläres vorzuweisen. Von sinnvollen Pässen mal ganz zu schweigen!« Empört wollte sie ihm etwas entgegnen, verkniff es sich aber. Sie ließ die beiden einfach stehen und nuschelte im Weitergehen vor sich hin: »Dämlicher Besserwisser ...« Savannah, die ein wenig abseits stand während sie auf ihre Mutter gewartet hatte, schürzte anerkennend die Lippen: »Interessanter Mann.« Brooke schnaubte verächtlich, sagte aber kein Wort.

Zu ihrer persönlichen Genugtuung gewann *Celtic Glasgow* das Spiel Zwei zu Null. Luke hatte die Vorlage zum ersten Tor gegeben und das zweite selbst geschossen. Hoch erhobenen Hauptes verließen Brooke, Savannah und Harry ihre Plätze um Luke in den Katakomben des Stadions zu treffen. An Sam verschwendete sie keinen Gedanken mehr.

Tessa und Brooke trafen sich zum Mittagessen in einem Buchladen auf der *Royal Mile* in der Innenstadt. Tessa war mittlerweile im siebten Monat schwanger und bewegte sich etwas ungelenk. Außerdem hatte sie ständig Riesen-Appetit auf eine Sahnetorte zum Mittagessen. Und genau diese gab es in der dritten Etage des Buchhauses. Die beiden Frauen waren total verrückt nach dieser mehrstöckigen Torte aber Brooke war nicht in der Lage, diese zum Lunch zu essen. Entgeistert beobachtete sie Tessa, die verzückt die ganze Torte verspeiste. In Sekundenschnelle … »Ach,« quetschte sie zwischen zwei Gabeln hervor: »Sam möchte uns nächsten Freitag zum Abendessen einladen. Dich auch!«

Brooke verzog das Gesicht: »Was kann ich als Ausrede nehmen um nicht hinzugehen?«

»Jetzt komm, sei nicht so! Sam und du, ihr hattet einen schlechten Start, aber er ist eine Seele von einem Menschen. Glaub es mir! Wenn ihr erst einmal eine Weile Nachbarn seid und die Missverständnisse ausgeräumt habt, wirst du es auch so sehen. Wenn ich mich heute jemand anvertrauen müsste, dann ihm!«

Brooke zuckte mit den Schultern und sagte: »Hoffentlich musst du es nie. Dich ihm anvertrauen, meine ich. Er ist ein Kotzbrocken und dazu noch ein arroganter! Und ich gehe nicht hin. Basta!«

Tessa lachte auf: »Du tust dir damit keinen Gefallen. Er fühlt sich einfach verpflichtet, Dich als seine Innenarchitektin zum Essen einzuladen und er wird keine Ruhe geben bis Du angenommen hast. So befiehlt es ihm sein Anstand. Früher oder später kriegt er immer was er will.«

»Dieses Mal nicht ...«, brummte Brooke und sie wechselten das Thema. Insgeheim beschloss sie, ihre Tochter anzurufen und sie bitten, sie zu begleiten, sollte das unausweichliche doch auf sie zukommen. Wenn ihm das nicht passte, solle er sie am besten beide gleich wieder rauswerfen. Käme ihr gerade recht...

Letztendlich hatte Brooke auf vehementes Drängen von George die Einladung angenommen. Ausschlaggebend war die Tatsache, dass Sam seine Freundin! ebenfalls eingeladen hatte und George und Tessa ihren Sohn mitbrachten. Somit konnte sie nur hoffen, dass entweder der Kleine oder die schwangere Tessa nicht allzu lange durchhielten oder Sam sich nicht den ganzen Abend mit einem Kleinkind abgeben wollte. Wenn seine Freundin dabei war hatte er sicher noch andere Pläne für den Abend. Savannah hatte sofort zugesagt. Sie wollte unbedingt das Haus einmal in eingerichtetem Zustand sehen.

Brooke wartete bis ihre Freunde oben in der Villa vor-fuhren bevor sie sich mit ihrer Tochter ebenfalls auf den Weg machte. Sie hatte einen sehr teuren Whiskey als Geschenk mitgebracht und hoffte, dass er ihr nicht aus den Fingern glitt, so sehr zitterten ihre Hände, als sie die Türklingel betätigte. Der Hausherr öffnete ihnen postwendend und hatte zum ersten Mal seit sie sich be-gegnet waren nicht diesen grimmigen Gesichtsausdruck. Im Gegenteil, er sah sehr entspannt und locker aus. ‚Wahrscheinlich war seine Freundin schon über einen längeren Zeitraum hier und sie hatten den ganzen Nach-mittag bewusstseinserweiternden Sex gehabt', vermutete Brooke und schüttelte sich unmerklich. Sam nahm ihr das Geschenk ab und konnte es sich nicht verkneifen, die Flasche hoch zu halten und genau zu begutachten: »Aye. Whiskey. Sehr originell …«

Als er ihr jedoch seine ‚Freundin' vorstellte, verschlug es Brooke die Sprache. Lori war riesengroß. Mindestens einen Meter achtzig. Und ihre ganze Erscheinung war geprägt von einer unglaublich roten Haarpracht. Da-bei war sie so etwas von spindeldürr, dass Brooke sich verstohlen umsah ob irgendwo eine Büchse mit einem Spendenaufruf ‚Brot für Lori' stand. Später, während des Essens, gab sie an, ihren Lebensunterhalt als Model zu verdienen und Brooke wurde einiges klar.

Sam erklärte seinen Gästen, dass er großen Wert auf Fleisch und Gemüse aus der Region legte und daher nur saisonal erhältliche Lebensmittel – am besten noch unverpackt – kaufen würde. Dementsprechend war sein Menü der Jahreszeit angepasst. Zum allerersten Mal seit sie ihn kannte war Brooke beeindruckt. Ein Mann, der kochen konnte. Wow! Gut, sie war in dieser Hinsicht alles andere als verwöhnt. Bestimmt gab es neben *Jamie Oliver*, dem Starkoch, auch noch andere Männer, die sich in der Küche auskannten. Aber ihre Zusammenkünfte mit Männern hatten sich nach dem Weggang ihres zweiten Ehemannes auf maximal zwei, und das auch nur bis zur Haustüre, beschränkt. Und nachdem sie trotz aller Vorsicht eben doch noch ein zweites Mal hereingefallen war, hatte sie gar keine engeren diesbezüglichen Bekanntschaften mehr. Aber vom Hörensagen wusste sie, dass Männer am Herd eher einer Minderheit angehörten. Sie konnte sich selbst George, Tessas Muster-Ehegatten, beim besten Willen nicht in der Küche vorstellen.

Auch erklärte Sam, dass er sehr darauf achtete, so wenig Müll wie möglich zu produzieren und kein Gemüse und Obst in Tüten oder anderen nicht umweltverträglichen Verpackungen zu kaufen. »Jeder muss seinen Beitrag zum Klimawandel leisten,« erklärte er. Lori bekräftigte all seine Aussagen mit einem Blick des unverhohlenen Bewunderns. Brooke bemerkte mit einem Schaudern, dass Savannah ebenfalls begeistert von Sams Auftritt zu sein schien. Immer wieder unterhielt sie sich angeregt mit ihm. Dies widerum sehr zum Missfallen von Lori.

Während des Essens saß Brooke neben Tessa und ihr gegenüber nahm Lori Platz. Brooke konzentrierte sich darauf, sie nicht unentwegt anzustarren. Dieses feuerrote Haar schien so unwirklich, dass man ständig in

Versuchung geriet, einen Blick darauf zu werfen. Tessa bemerkte es und zog leicht grinsend eine Augenbraue hoch während sie Brooke unter dem Tisch mit dem Fuß anstieß.

Als Sam das Essen hereintrug stand Lori auf, um ihm dabei zu helfen. Dabei knickte sie mit ihren hochhackigen Stilettos in dem tiefen Teppich um und eine Platte mit undefinierbaren grünen Röllchen schwankte gefährlich. Letztlich fiel eins davon herunter und direkt auf Niklas' Teller, der links neben Brooke auf seinem Stuhl kippelte. Als das grüne Etwas auf seinen Teller platschte, erschrak er so sehr, dass er den Stuhl zurück auf den Boden knallen ließ und entsetzt rief: »Iiihhh. Mama, was ist das?«

George, sein Vater, stieß ihn lächelnd an und sagte: »Du weißt doch noch gar nicht, ob das iiihhh ist, probiere es erst einmal.«

Misstrauisch stocherte der fünfjährige in dem Essen herum und beäugte es nach wie vor kritisch. Sam war inzwischen fertig mit dem Servieren der verschiedenen Speisen und begann zu erklären: »Das hier sind Pfannkuchen gefüllt mit Schnittlauchcreme und dazu passt ganz gut das Ofengemüse. Auf dieser Platte sind Auberginenröllchen mit Schafskäse und daneben steht ein Salat aus Wiesenkräutern.« Er zeigte auf eine weitere Platte: »Hier haben wir Sushi mit Gurke, echt schottischem Lachs und Reis. Als Nachtisch gibt es Haselnuss-Schoko-Törtchen mit Karamellsauce. Natürlich nur für jene, die ihren Teller auch aufessen!« Dieser Seitenhieb galt wohl Niklas.

Lori klatschte begeistert in die Hände und griff beherzt zu: »Du hast dir so viel Mühe gegeben, das schmeckt bestimmt alles lecker!«

Niklas machte ein bekümmertes Gesicht und fragte: »Sammy, hast Du heute nicht Schnitzel und Pommes gemacht?«

Sam schmunzelte und antwortete: »Nein, mein Freund. Heute habe ich mal ganz gesund gekocht. Damit nicht so viele kleine Kälbchen sterben müssen!« Niklas warf ihm einen entgeisterten Blick zu: »Für Pommes müssen Kälbchen sterben?«

Jetzt konnte sich Brooke nicht mehr zurückhalten. Als Lori auf dem Teppich ins Schwanken geriet, kämpfte sie bereits mit einem Lachanfall und als das Sushi-Röllchen über den Tisch geflogen kam konnte sie sich kaum noch beherrschen. Prustend antwortete sie Niklas: »Nein, Pommes werden natürlich nicht aus kleinen Kälbchen gemacht.« Mit einem Fingerzeig auf die Salatschüssel zwinkerte sie mit den Augen und sagte: »Aber wenn der liebe Onkel nicht aufpasst, müssen die kleinen Kälbchen und Schweinchen verhungern, weil er ihnen das saftige Gras wegisst.« Sam warf ihr einen entrüsteten Blick zu, wandte sich dann aber an Niklas: »Wenn jemand die liebe Mrs. Walker nachts ganz alleine im Wald zurücklässt, könnte sie sehr froh sein, wenn sie wüsste, wie man mit Kräutern und Beeren ein paar Tage überleben kann.«

Niklas' Lippen bebten verräterisch als er mit Tränen in den Augen flüsternd fragte: »Wer lässt Tante Brooke ganz allein nachts im Wald?«

Savannah entschärfte die Situation und erklärte dem verwirrten Jungen lachend: »Kleiner Mann, hör nicht hin was Sam dir erzählt. Ich schätze, der hat heute Morgen einen Clown gefrühstückt!«

Tessa unterdrückte ein Kichern und beeilte sich, ihrem Sohn ein wenig von den kleinen Pfannkuchen auf den Teller zu legen. »Schatz, nimm das mal! Das schmeckt dir bestimmt.« Und ohne dass es jemand mitbekam, nahm sie das Sushi-Röllchen von seinem Teller. Brooke nahm sich von allem und musste eingestehen, dass es ihr gar nicht schlecht schmeckte. Ganz im Gegenteil. Alle Gerichte waren hervorragend zubereitet und die zur Würze verwendeten frischen Kräuter gaben dem Essen eine besondere Note. Als sie jedoch ab und zu Lori beobachtete, die ihr Essen mehr oder weniger auf dem Teller hin und her schob, kam man eher zu der Ansicht, die Speisen seien ungenießbar. Essen konnte man das nicht nennen, entweder schmeckte es ihr nicht oder sie ‚achtete‘ zu sehr auf ihre Linie. Der Teufel ritt Brooke, als sie ihr gegenüber anmerkte: »Das kannst du ruhig essen. Das ist alles gesund und kalorienarm!«

Da erst sah Sam mit einem fragenden Blick auf Loris Teller. Sofort legte sie eine manikürte Hand auf seinen Arm und warf ihm einen schmachtenden Blick zu: »Baby, es schmeckt wirklich alles toll. Du hast dir so viel Mühe gegeben und ich liebe Vegetarisch. Weil ich die Tiere so lieb hab.« Und dazu verdrehte sie filmreif die Augen. »Ich bin auch schon satt.«

‚Baby‘. Brooke hätte am liebsten laut aufgelacht. Und bevor Sam etwas dazu sagen konnte, ergriff sie das Wort: »Ja, wirklich: auch mir schmeckt es hervorragend. Ich habe noch nie Algen gegessen. Das ist tatsächlich mal etwas anderes und ich fand sie sehr lecker!«

Sam warf ihr einen scharfen Blick zu und sagte: »Ach was! Ein Lob von Dir? Ist das nicht ein bisschen unverschämt? Du lügst ohne rot zu werden. Und das vor dem Kind!«

»He, ich lüge nicht! Sie hielt seinem Blick stand um ihm zu demonstrieren, dass sie es ernst meinte.

Während das Essen ohne weitere Zwischenfälle verlief, beschränkte sich die Unterhaltung auf allgemeine Themen, woran sich Lori nicht beteiligte. Sie sprach eher dem Champagner zu, den ihr Sam immer wieder nachschenkte. Irgendwann war der Blick, den sie ihm zuwarf, derart verklärt und ihr Alkoholpegel so hoch, dass sie ihre Gesichtszüge kaum noch im Griff hatte, was Brooke dazu verleitete, wieder unaufhörlich zu ihr hinzusehen. Wenn Sam doch so gesteigerten Wert auf eine gesunde Lebensweise legte, war es ihr unerklärlich, wie er über das unnatürliche Auftreten von Lori und die übertriebene Farbauswahl was ihr Make-Up betraf, hinwegsehen konnte. Die ganze Frau schien aus Kunststoff zu bestehen. Vermutlich setzte in dem Moment, in dem sie ihre langen manikürten Krallen in seinen Rücken bohrte, sein Verstand aus. Und bestimmt war sie eine Attraktion im Bett, denn es hatte kaum den Anschein, dass es tiefergehende Gespräche waren, die die beiden miteinander verband. Allerdings hatte Savannah ihn mittlerweile derart in Beschlag genommen, dass er gar keinen Blick mehr für Lori hatte. Irgendwie muss er von seinen Aufenthalten in Amerika gesprochen haben, denn Brookes Tochter und er gerieten derart ins Schwärmen, dass man hätte meinen können, Savannah hätte ihr halbes Leben in den Staaten zugebracht.

In Wirklichkeit war sie noch niemals dort gewesen. Aber ihr größter Wunsch war es, einmal über den großen Teich zu fliegen und das Land der unbegrenzten Möglichkeiten kennenzulernen. Brooke hatte viele Jahre darunter gelitten, ihrer Tochter diesen Traum aus finanziellen Gründen nicht ermöglichen zu können. George und Tessa hatten Brooke oft angeboten, dass Savannah sie gerne auf einer ihrer Reisen begleiten könne. Aber Brooke war stets zu ängstlich gewesen, ihr Kind für ein so großes Abenteuer in andere Hände zu geben.

Tessa und Brooke unternahmen mehrfach einen Anlauf, Lori in ein Gespräch mit einzubinden, was von Lori aus immer ins Leere lief, weil sie wirklich zu gar nichts etwas beizutragen hatte. Daher misslang ein Versuch nach dem anderen, sich mit ihr zu unterhalten. Und mit zunehmendem Alkoholkonsum schien es ihr auch schwerzufallen, die Augen offen zu halten. Immer öfter fielen ihre Lider auf Halbmast.

Irgendwann gaben sie es auf und wandten sich den Männern zu. Sam erzählte gerade, dass er über einen Autokauf nachdachte. Stirnrunzelnd überlegte Brooke, ob er nicht schon genug fahrbare Untersätze hatte. Er konnte problemlos jeden Tag in der Woche mit einem anderen Wagen fahren. »Ja, es soll bald einen viersitzigen Ferrari geben. Ein Allrad mit zwölf Zylindern, sechshundert PS. Der absolute Wahnsinn. Und man soll ihn sogar auch auf Schnee und Eis fahren können.« George nickte andächtig: »Wahnsinn…. Wie viele sollen wohl davon gebaut werden? Die Anzahl ist bestimmt limitiert.«

Brooke konnte nicht glauben, dass die beiden ernsthaft darüber nachdachten: »Ein Ferrari auf Eis? Bei zwei Tagen Schnee auf den Straßen in ganz Edinburgh?«

»Warum nicht?«, entgegnete Sam, »fahre ich halt mal den *Ben Nevis* hoch.«

»Mit sechshundert PS? Bei einer Geschwindigkeitsbegrenzung von einhundertzehn Meilen im ganzen Land? Gibt es einen Ferrari überhaupt als Rechtslenker? Und vermutlich darfst du mit dem Gewicht von dieser Kiste nicht mal über jede Brücke hier fahren. Nicht euer Ernst!«

Und Tessa setzte nach: »Werden dafür dann extra Winterreifen angefertigt? Für ein limitiertes Modell? Auch eine Art Arbeitsplätze zu schaffen.«

»Klar. Und mit denen kann man dann trotzdem noch zweihundert fahren. Aber ich sehe schon, es gibt Themen, denen könnt ihr nicht folgen!« Sam winkte ab obwohl er verwundert zur Kenntnis nahm, inwieweit Brooke sich mit technischen Details auskannte.

»Also echt, ihr seid Spielverderber«, brummte auch George.

»Genau!« Lori hatte tatsächlich auch etwas zu sagen.

Brooke seufzte theatralisch: »So etwas kriegen nur Männer fertig: vegetarisch kochen, durch Mülltrennung zum ökologischen Klimawandel beitragen wollen und dann eine zweihunderttausend Pfund teure Karosse fahren!«

Der Abend war letztendlich doch gelungen. Das Essen war wirklich überragend gewesen und Brooke hatte sich gut unterhalten gefühlt. Sie wurde sehr verlegen, als Sam sie überschwänglich für ihre gelungene Gestaltung der Räumlichkeiten lobte. Sie versuchte ihre geröteten Wangen zu verbergen, indem sie ihre Haare ein wenig ins Gesicht fallen ließ So viel Begeisterung hatte sie ihm gar nicht zugetraut.

Irgendwann hatte Sam ihr Geschenk geöffnet und allen bis auf Tessa und dem kleinen Niklas ein Glas Whiskey eingeschenkt. Das Aroma des achtzehn Jahres alten Alkohols bestand aus Früchten, Holz und einem Hauch Vanille und floss samtig die Kehle hinunter. Sam schürzte anerkennend die Lippen. Auch Savannah schwärmte später noch lange von Sams guten Kochkünsten und seiner großzügigen Gastfreundschaft. Brooke schob diese Begeisterung allerdings eher der Tatsache zu, dass er ihre Leidenschaft für die USA teilte. Sie ging nicht weiter auf den anhaltenden Enthusiasmus ihrer Tochter ein. Bedauerlicherweise erkundigte sie sich von nun an auch stets nach Sam, wenn sie zu Besuch kam.

Und so kam es, dass sie eines Tages freudestrahlend von einem Spaziergang mit den Hunden zurückkam. »Ich habe Sam getroffen« erzählte sie begeistert. »Stell Dir vor, er hat mich eingeladen, mit ihm nach Kalifornien zu fliegen!« Brooke fiel eine Schüssel, die sie gerade in den Schrank räumen wollte, aus den Händen.

»Ja. So ist es mir auch gegangen. Ich dachte, mich trifft der Schlag.«

»Kannst Du dir eine Reise nach Amerika überhaupt leisten?« Brooke wusste gar nicht, was sie sagen sollte. Wenn es etwas gab, was sie überhaupt nicht wollte, dann war es die Aussicht, dass ihre Tochter diesem

Mann näherkam. Er war mit Sicherheit wesentlich älter und Brooke hatte es sich auf die Fahne geschrieben, ihre Tochter vor allen Männern dieser Welt zu schützen. Nach den Erfahrungen, die sie selbst gemacht hatte, würde früher oder später auch ihre Tochter so sehr enttäuscht werden, wie es ihr bereits zweimal widerfahren war. Deshalb war Harry der einzige Mann, den sie in der Nähe ihrer Tochter duldete. Ein schwuler Mann war das Beste, was Savannah passieren konnte. Vor allem wenn sie beobachtete, wie Harry ihre Tochter umsorgte und versuchte, ihr jeden Wunsch von den Augen abzulesen. Er war ihr ein guter Freund und Begleiter, der ihr niemals wehtun würde. So jedenfalls sah Brooke nach wie vor diese Verbindung.

»Ich brauche nichts zu bezahlen. Er hat so viele Frei-Meilen, dass ihn selbst zwei Flüge nichts kosten und sogar noch ein Upgrade in die erste Klasse drin ist. Und das Hotelzimmer, das für ihn gebucht wurde, überlässt er mir und übernachtet bei Freunden.« Brooke schloss die Augen und versuchte, die aufsteigenden Kopfschmerzen zu ignorieren. ‚Bei Freunden übernachten', sie seufzte. Nach der Begegnung mit Lori war sie auf alles gefasst. Auf was für ein Abenteuer würde sich ihre Tochter da einlassen? Es lag ihr auf der Zunge, Savannah zu verbieten, diese Einladung anzunehmen. In letzter Sekunde fiel ihr ein, dass ihre Tochter nicht mehr in dem Alter war, sich von ihrer Mutter etwas verbieten zu lassen. Daher versuchte sie es auf die andere Tour: »Was wird Harry dazu sagen?«

»Ich werde ihm Sam nächste Woche vorstellen. Wir werden zusammen etwas essen gehen und er wird ihn ge-

nauso sympathisch finden wie ich. Ich kenne Harry …«
Savannahs Euphorie war nicht mehr zu bremsen und als
gute, aufgeschlossene Mutter nahm Brooke sich zurück
und hoffte, dass die Dinge sich von selbst erledigen würden. Vielleicht indem Sam seine Einladung zurücknahm
oder Harry seine Bedenken äußerte oder vielleicht eine
Klausur an der Uni dazwischenkam. Bis dahin würde
sie sich ruhig verhalten und sich im Verborgenen Sorgen
machen.

Sam saß über seinen Büchern und versuchte sich einzuprägen, was er da las. Immer wieder schweiften seine Gedanken ab. Obwohl Brooke alleine lebte, war bei ihr immer Trubel. Erst heute Mittag waren zwei Frauen angekommen und mit lautem Hallo und Gekreische aus dem Taxi gestiegen. Am Nachmittag hatte er alle zusammen den Berg herauflaufen sehen, als sie mit den Hunden unterwegs waren. Vermutlich hatte Brooke ihnen die Aussichtsplattform gezeigt. Wenn er je Besuch bekommen würde – von Lori einmal abgesehen – würde er ihn auch zu dieser Stelle führen. Es war bei jedem Licht, morgens und abends, Sommers wie Winters, ein unglaublicher Ausblick über Edinburgh, *Edinburgh Castle, Arthurs Seat* und bei klarem Wetter noch weiter bis in die *Highlands* oder bis ans Meer.

Jetzt war schon eine Weile Ruhe da unten und er nahm an, dass alle zusammen beim Essen saßen oder auch nur quatschten. Frauen hatten doch immer irgendetwas zu bereden. Beim Gedanken an Essen machte sich auch sein Magen bemerkbar. Er schlug die Bücher zu und beschloss in die Stadt zu fahren, um eine Kleinigkeit zu sich zu nehmen.

Sam kam aus der Dusche und während er sich die Haare trocken rubbelte sah er aus dem Schlafzimmerfenster. Gerade fuhr Brookes Wagen aus ihrer Einfahrt. ‚Sieh an‘, dachte er: ‚die Damen gehen aus …‘

Kaya wollte in dem Pub unbedingt so sitzen, dass sie das Lokal überblicken konnte was Brooke mit einem Grinsen quittierte: »Bist Du immer noch auf der Suche? Bist Du noch nicht oft genug auf die Schnauze gefallen?«

»Kaya liebt es auf die Schnauze zu fallen« ließ Christie verlauten und verdrehte die Augen worauf Kaya nur abwinkte. »Ich fall nicht, ich bin einfach nur in Sorge, dass mir der große Unbekannte doch noch durch die Lappen geht. Wäre zu schade.«

Brooke schüttelte den Kopf und vertiefte sich wieder in die Speisekarte. Nachdem sie alle bestellt hatten, stieß Kaya Brooke an und fragte: »Wie ist es mit Dir? Kein interessanter Mann in unmittelbarer Umgebung?«

Brooke winkte ab: »Ich brauch keinen, deshalb schau ich mich auch gar nicht um.«

Kaya äffte sie nach: »Ich brauch keinen! Wo gibt's denn so was?«

Christie, die übrigens genau wie Kaya glücklich verheiratet war konnte sich über diese Kabbelei nur amüsieren: »Jetzt lass' sie halt. Sie hat eben nicht so viele Hummeln im Hintern wie du. Bestimmt läuft sie irgendwann auf einen ganz tollen Typ zu, der sie auf Händen trägt. Frühstück ans Bett bringt, die Füße massiert und auch sonst jeden Wunsch von den Augen abliest!« Dass sie das selbst nicht so ernst meinte, unterstrich Christie mit einem Augenzwinkern.

Brooke seufzte und winkte ab: »So was ist noch nicht geboren…«

Christie und Kaya waren Brookes beste Freundinnen aus London. Sie kannten sich seit der Schulzeit. Und obwohl sie ganz unterschiedliche Lebenswege eingeschlagen hatten, waren sie stets bemüht, den Kontakt nie abbrechen zu lassen. Auch wenn sie zeitweise über Kontinente hinweg voneinander getrennt waren. Als Brooke ihre beiden großen Krisen durchzustehen hatte, standen sie ihr aus der Ferne zur Seite. Dieses verlängerte Wochenende waren sie zum ersten Mal in Brookes neuem Heim in Schottland zu Besuch.

Plötzlich schien etwas in Brooke Rücken Kayas Aufmerksamkeit zu erregen, denn sie straffte ihre Schultern, schob die Brust nach vorn und fixierte jemanden während sie flüsterte: »Ladies, dreht Euch jetzt bloß nicht um! Da hat sich eine wahre Zuckerschnute an die Theke gesetzt.«

Entgegen der Anweisung, sich nicht umzudrehen, wandte Brooke den Kopf und seufzte: »Oh nein! Das ist Sam.«

Kaya riss die Augen auf: »Du kennst den? Lad' ihn sofort zu uns an den Tisch ein!«

»Niemals!« Brooke hob abwehrend die Hände. Sie schüttelte sich.

Jetzt drehte sich auch Christie um. Bewundernd sagte sie zu Brooke: »Da hast Du ja mal richtig hingelangt. Das ist wirklich ein äußerst attraktiver Bursche.«

»Was heißt hier hingelangt?«, empörte sich Brooke. »Den fass ich nicht mit der Zange an. Das ist ein Choleriker. Der bringt dir nicht das Frühstück ans Bett, der knallt es dir höchstens vor die Füße!«

Christie zog die Augenbrauen in die Höhe: »Höre ich da etwa eine gewisse Abneigung heraus? Wie hat er es verbockt?« Brooke erzählte den beiden von den jeweiligen Begegnungen mit Sam. Sie schloss gerade mit den Worten: »mit so jemanden kann ich gar nicht, außerdem hat er eine Freundin«, als die Bedienung ihre Burger an den Tisch brachte.

Während des Essens unterhielten sich die Freundinnen über alles Mögliche und Brooke entspannte sich nach geraumer Zeit wieder und ignorierte die Tatsache, dass Sam in ihrem Rücken saß. Die drei Frauen unterhielten sich angeregt und wurden dabei immer lauter. Die Kellner grinsten wann immer sie an den Tisch kamen. Kaum überhörbar war aber auch Kayas Gelächter, als sie in Erinnerungen schwelgten. Nachdem sie seinerzeit mit der Schule fertig waren und ihre Ausbildung begannen, hatten sie zusammen eine Band gegründet und tingelten in London durch diverse Bars und Nachtclubs. Und nicht ganz ohne Erfolg. Sie coverten die damals aktuellen Titel auf ihre eigene Weise. Kaya verzauberte das Publikum mit ihrer Reibeisenstimme und sie hatten schon nach kürzester Zeit eine kleine Anhängerschaft, die ihnen in die Pubs nachreiste. »Weißt Du noch, als wir in diesem Keller aufgetreten sind wo ausschließlich Männer im Publikum waren? Und so schöne Männer? So viele schöne Männer? Als Christie sich so offensichtlich an diesen einen Kerl rangeschmissen hat? Der ganze Laden hat drauf gewartet, dass sie ihm an den Hintern fasst.«

Christie verdrehte die Augen: »Erinnere' mich nicht daran. Bitte! Ich bin damals beinahe in Tränen ausgebrochen als der Blonde mit den tollen Augen diesen stark behaarten Rothaarigen geküsst hat.«

Brooke hielt sich den Bauch vor Lachen als sie sagte: »Ich weiß noch, Du hast dann plötzlich ein ganz falsches Lied gespielt! Leute, echt jetzt. Ich kann nicht mehr. Ich komm' gleich wieder.« Sie erhob sich von ihrem Stuhl um zur Toilette zu gehen. Beim Umdrehen stolperte sie und prallte weich gegen einen Männerkörper der sie mit den Armen auffing. Sam!

»Wie immer mit dem Kopf durch die Wand was?« Seine Augen blitzten. Bildete sie sich das nur ein oder hatte er tatsächlich ein Lächeln auf den Lippen? ,Sicher nicht, das ist der Alkohol', dachte sie und murmelte ein »Entschuldigung«, während sie sich befreite und zu den Waschräumen flüchtete.

Sam hat die drei Frauen schon geraume Zeit im Spiegel hinter dem Barmann beobachtet. Zuerst hatte er sie gar nicht erkannt. Er registrierte nur die beiden Blondinen und die Frau, die ihm den Rücken zuwandte. Sie trug ein gemustertes Kleid, das ihr bis zu den Knien ging. Dazu hatte sie hohe graue Wildlederstiefel gewählt. Ihre dunkelbraunen Locken fielen ihr weich über die Schulter. Wenn sie den Kopf lachend zurückwarf, reichten ihr die Haare weit über den Rücken. Irgendetwas an dieser Person interessierte ihn, erinnerte ihn aber zugleich auch an jemanden. Erst als sie sich einmal zur Seite drehte erkannte er Brooke. Wenn sie sich nicht umgedreht hätte, wäre er nie draufgekommen, dass hier seine Nachbarin sitzen könnte. Er sah sie immer nur in Jeans und T-Shirts und oft barfuß oder in ihren zahlreichen Sneakers. Oder im Sportoutfit. Und als sie nun in diesen hohen Schuhen in ihn hineinstolperte nahm er auch angenehm überrascht ihr zartes Parfüm wahr. Er bemerkte, dass er zögerte, sie loszulassen. Erst als sie sich aus seinen Armen zu befreien versuchte, gab er sie frei und sie verschwand irgendwas Unverständliches murmelnd eilig in Richtung Waschraum.

Einer Eingebung folgend stand er auf und ging zu den beiden verbliebenen Damen an den Tisch. »Angenehm, ich bin Sam. Der Nachbar von Brooke«. Er lächelte die beiden an, die ihm sofort die Hände entgegenstreckten und sich vorstellten. Kaya rutschte eifrig ein Stück zur Seite und bot ihm einen Platz auf der Bank an: »Komm doch, setz Dich zu uns. Oder wartest Du auf jemanden?«

»Nein, ich wollte nur eine Kleinigkeit essen.... Und vielleicht einen winzig kleinen Whiskey trinken.« Sam lächelte die beiden an während er mit den Fingern ein kaum erkennbares Maß andeutete.

Kaya war sofort auf Kurs und sagte: »Ja, genau einen *so* kleinen Whiskey wollten wir auch trinken!« Sprach's und winkte dem Kellner.

Brooke fiel nahezu in Ohnmacht als sie um die Ecke bog. Sam saß in trauter Gemeinsamkeit neben Kaya auf der Bank am Tisch. Zusammen mit Christie waren alle drei in ein anscheinend sehr lustiges Gespräch vertieft, denn es wurde herzhaft gelacht. Die Situation wirkte seltsam surreal aber dennoch vertraut. Auf dem Tisch standen vier Whiskey-Gläser.

Einem ersten Impuls folgend sah Brooke zum Ausgang bis ihr einfiel, dass sie die Gastgeberin ihrer Freundinnen war und sie somit nicht ohne weiteres das Lokal verlassen konnte. Also straffte sie die Schultern, atmete tief durch und ging zum Tisch. »Wie ich sehe, kennt ihr euch schon?« Mit großen Augen verfolgte sie wie die beiden Frauen eifrig nickten während sich Kaya gerade bei Sam unterhakte.

»Ja. Dein netter Nachbar hat uns auf einen Whiskey eingeladen. Und zwar auf einen richtigen!«

Spöttisch hob Brooke die Augenbrauen und fragte: »Ach, was ist denn kein richtiger Whiskey?«

Sam erhob den Zeigefinger und fing an sie zu belehren: »Aye, meine Liebe, da gibt es ganz feine Unterschiede. Bei Whiskey gibt es vom Fusel bis zur tausend Pfund Flasche alles!« Damit griff er zum Glas und hob es an. Während er Christie und Kaya zuprostete blieb sein Blick bei Brooke länger hängen als nötig: »Slainté'! Auf eine gute Nachbarschaft!« Brooke verdrehte kaum erkennbar die Augen und äffte ihn in Gedanken nach: *Aye, meine Liebe …'*.

Als Brooke das Glas zum Mund führte, nahm sie bereits den würzig rauchigen Geschmack des Whiskeys wahr und während er heiß ihre Kehle hinabbrann, fiel ihr ein, dass sie eigentlich der Fahrer war. Doch zu spät: sie spürte bereits wie der Alkohol in ihr das wohlige Gefühl der Schwerelosigkeit auslöste. Wie durch einen Nebel realisierte sie, wie Sam eine zweite Runde bestellte. Und er hatte Recht gehabt, es gab Unterschiede beim Whiskey. Dieser hier brannte kein bisschen, ganz im Gegenteil. Er hatte das feine Aroma von Honig, Früchten und Kirschholz-Fass. Sie nahm das zweite Glas freudig entgegen und wollte es bereits anheben, als Sam ihre Hand niederdrückte und lachend sagte: »Halt. Nicht so schnell. Erst ein Trinkspruch!«

Bevor Brooke den Mund öffnen konnte, kam Kaya ihr zuvor und hob ihr Glas: »Auf das Schicksal und andere Begegnungen!« Damit zwinkerte sie Brooke zu und stieß mit ihr an. Brooke war bereits an dem Punkt an dem ihr alles egal war und sie sich in einem Schwebezustand befand. Erst als Christie in die Runde fragte: »Nur interessehalber: wenn das hier so weitergeht, wie kommen wir nach Hause?« Damit sah sie Brooke eindringlich an, deren verklärter Gesichtsausdruck ihr nicht entgangen war.

»Wir gehen zu Fuß. Es ist nicht weit!« Täuschte sie sich oder lallte sie bereits? Sie hatte den Eindruck, dass ihr ihre Zunge nicht mehr gehorchte. Als sie in die Runde blickte, sah sie in entgeisterte Gesichter:

»Zu Fuß?« rief Christie. »Hast Du vielleicht mitbekommen, was ich für Schuhe anhabe?« Demonstrativ schob sie ein Bein mit einem ebenso spitzen wie hohen Absatz unter dem Tisch hervor.

»Ich sag's nochmal, es ist nicht weit!« Brooke gab nicht auf und unterstrich die Aussage mit erhobenem Zeigefinger. »Wir sind hier am *Grassmarket*. Den bist Du heute mühelos schon zweimal rauf und runter gelaufen. Keinen einzigen Laden hast Du ausgelassen! Jetzt müssen nur ein wenig bergab und durch den Park.« Am *Grassmarket* reihte sich eine Boutique an die andere. Zu dritt hatten sie den ganzen Nachmittag hier zugebracht. Dass es auf der anderen Seite wieder aufwärts ging verschwieg sie wohlweislich. Nun mischte sich auch Kaya ein: »Du hast doch einen Knall. Du hast auch hohe Schuhe an.

Ich stöckel' nicht quer durch die Stadt. Wo hier die Pflastersteine so rutschig sind!«

Sam amüsierte sich köstlich. »Ladies, wir nehmen selbstverständlich ein Taxi. Ist doch kein Problem.«

»Die Straßen sind hier nicht uneben«, murmelte Brooke.

»Hier sind sogar die Kneipenböden uneben oder weshalb bist Du mir vorhin in die Arme gestolpert?« Sam grinste Brooke an.

»Bin ich gar nicht!« Unsicher sah sie ihn an. Wieso war er so unterhaltsam? Oder wie kam er auf so was, war sie tatsächlich schon betrunken? Komisch, sie fühlte sich heute gar nicht so unwohl in seiner Nähe.

»Auf jeden Fall können wir das Auto nicht hier stehen lassen. Wir brauchen es morgen früh«, stellte Brooke fest.

»Wozu?« fragte Sam neugierig.

»Wir wollten morgen nach Glasgow fahren und uns die Stadt ansehen. Vielleicht auch ein bisschen shoppen. Auf jeden Fall bei Jamie essen.« Kaya konnte selbst nach zwei Gläsern Whiskey noch klar und deutlich sprechen stellte Brooke beeindruckt fest.

»Jamie?« hakte Sam nach »ein Freund von Euch?«

»Klar. Von Dir nicht? *Jamie Oliver* hat ein Restaurant in Glasgow!« erklärte Kaya verschmitzt.

»Ach der. Aye. Hör auf. Der kocht doch auch nur mit Wasser. Aber ich könnte euch ja fahren. Ich habe noch das ein oder andere Auto in der Garage. Und später nehmen wir ein Taxi. Basta!« Sam gab sich entschlossen.

Brooke prustete laut los: »Können wir bitte den eis- und schneetauglichen Ferrari nehmen?« Sie begann zu kichern und schien sich nicht mehr beruhigen zu können. Christie und Kaya sahen sie entgeistert an.

»Ich habe gesagt, ich überlege es mir, dieses Auto zu kaufen. Ich habe nicht gesagt, ich habe es schon in der Garage,« wies Sam sie tadelnd zurecht.

»Es gibt einen Ferrari, den man im Schnee fahren kann?« Kaya sah Sam ungläubig an. Dazu musste man wissen, dass Kaya, wenn sie könnte, ein Auto passend zu ihrer Lacroix-Uhr und ihrer Gucci-Handtasche kaufen würde. Der faszinierte Gesichtsausdruck ihrer Freundin forderte Brooke zu einer neuen Lachsalve heraus, worauf Sam sie mit einem strafenden Blick bedachte: »Jetzt sieh nur, was Du angerichtet hast! Deine Freundinnen müssen mich für den totalen Angeber halten.«

Brooke schüttelte sich vor Lachen. Und Christie setzte augenzwinkernd noch eins drauf: »Also, Brooke hat nie von etwas anderem gesprochen. Und Angeber war noch die charmantere Variante.« Sam war plötzlich unsicher, was Brooke alles über ihn erzählt haben könnte. Schließlich hatten sie bisher wenig freundschaftliche Berührungspunkte. Er musterte sie aufmerksam. Hieß es nicht immer: Kinder und Betrunkene sprachen die Wahrheit?

Nach zwei weiteren heiteren Runden Whiskey beschlossen sie dann doch einhellig gemeinsam ein Taxi nach Hause zu nehmen. Brooke hielt Sam die Vordertüre des Wagens auf als Kaya ihn forsch am Arm auf den Rücksitz bugsierte. Brookes hochgezogene Augenbraue übersah sie geflissentlich. Die kurze Fahrt in die Hügel verlief gottseidank ohne Zwischenfälle.

Sam bat den Fahrer vor dem Tor an Brookes Grundstück anzuhalten, damit er nicht durch die Schranke fahren musste. Unterwegs war ihm eingefallen, dass die Fernbedienung in seinem Wagen lag. Also beschloss er, mit den drei Frauen auszusteigen und den Rest nach oben zu laufen. Er bot sich höflich an, die Damen an die Tür zu bringen, als Brooke schon wieder am Kichern war: »Was wird das? Du kannst nicht mit uns allen unter der Laterne rumknutschen!« Sie gackerte wie ein pubertierender Teenager.

Da schob Kaya sie ein Stück ins Haus und seufzte: »Also ehrlich, Du bist völlig hinüber. Geht ihr schon mal rein, ich begleite Sam noch zu seiner Tür!«

Brooke rief über die Schulter blickend: »Pass aber auf, er ist auch hinter meiner Tochter her.«

Der stemmte die Hände in die Hüfte. »Du liebe Güte, wie kommst Du denn auf so etwas?« Dann winkte er an Kaya gewandt ab: »Lass mal. Ich kenne den Weg. Passt lieber auf, dass eurer Freundin nichts beim Zähneputzen zustößt. Sie steht ganz schön neben sich. Gute Nacht zusammen! Träumt schön.« Und mehr zu sich selbst murmelte er: »Und schlaft euren Rausch aus.« Während er dem Haus den Rücken kehrte sah er sich suchend um: »Hier gibt es gar keine Laterne, Du Schnapsdrossel!«

Mit hoch erhobenem Zeigefinger stand Brooke mit vom Alkohol vernebeltem Blick im Türrahmen und nuschelte: »Dasch hab ich gehört!«

Am nächsten Morgen wurde Brooke von den Sonnenstrahlen, die durch das riesige Schlafzimmerfenster fielen, geweckt. Sie fühlte sich wie erschlagen. Sicher, sie trank ab und zu ein oder zwei Gläser Rotwein, aber ganz selten Whiskey und noch zudem in diesem Ausmaß wie am vergangenen Abend. Zugegeben, sie hatten eine Menge Spaß gehabt und viel gelacht, aber sie war sich auch sicher, dass sie sich nicht mehr an alles erinnern konnte. Es war ihr lediglich noch im Bewusstsein, dass sie ihren Wagen in der Innenstadt stehen lassen musste. Aber sie wusste nicht mehr, ob der Ausflug nach Glasgow noch Bestandteil ihres Tagesprogramms war.

Kurzerhand schlüpfte sie in ihre Sportbekleidung und lief wie jeden Morgen ihre Runde mit den Hunden. Heute fiel es ihr nicht so leicht wie sonst, doch je höher sie sich den Berg hinauf quälte, desto klarer wurde ihr Kopf. Es überraschte sie, dass sie keine Kopfschmerzen oder Übelkeit zu beklagen hatte. Anerkennend stellte sie fest, dass dies an der Qualität des Alkohols liegen musste.

Nachdem sie wieder im Cottage angekommen war und von ihren Freundinnen weit und breit keine zu sehen war, schnappte sie sich ihren Autoschlüssel und machte sich im leichten Trab auf den Weg in die Innenstadt um den Wagen zu holen. Während sie auf dem Kopfsteinpflaster in ein mäßigeres Lauftempo überging, wurde sie von einem Jogger überholt. Die Silhouette war ihr wohlbekannt. »Guten Morgen, Frau Nachbarin!« Sam. Verwundert registrierte sie, dass er auch schon auf den Beinen war. Da er wie sie wusste, die meiste Zeit allein lebte, hatte er ja beileibe keine Veranlassung, so früh aufzustehen. Apropos allein. Wo war denn eigentlich die gute Lori am vergangenen Abend abgeblieben? Da sie sich jedoch nicht mehr im Detail an die gesamte Unterhaltung erinnern konnte, fragte sie lieber nicht nach.

Außerdem war es ratsam, am Morgen danach wieder auf der Hut zu sein. Dicke Freunde waren sie sicher noch nicht.

»Holst Du auch das Auto?« fragte sie deshalb höflich.

»Ja. Und vielleicht was zum Frühstück?« fragend sah er sie an. »Damit ich mich fürs Taxi revanchieren kann.«

»Warum, wer hat das Taxi bezahlt?«

»Na. Du doch. Weißt Du das nicht mehr?«

»Nein. Tut mir leid, der Teil nach dem dritten Whiskey fehlt mir.« Nachdenklich rieb sie sich die Stirn.

»Wie, es waren mehr als zwei?« Sam lächelte frech.

Komisch, was so ein gemeinsamer Abend doch ausmachte. Plötzlich war er ihr gar nicht mehr so unsympathisch, dachte Brooke. Allerdings wusste sie auch nicht, was sie weiter mit ihm reden sollte, als sie an ihren Wagen ankam.

»Hier steht mein Auto«, sagte sie, »soll ich dich zu Deinem fahren?«

»Nein, er steht gleich hier in der Nebenstraße. Aber wie sieht es aus? Kann ich euch mit frischen Brötchen zum Frühstück eine Freude machen? Oder vielleicht etwas Süßes von *Miss Katies Cupcake?*« Als er spürte, dass Brooke zögerte hob er abwehrend die Hände: »Also, ich kann es auch einfach nur vorbeibringen, mich Angeber musst Du so früh noch nicht aushalten.«

Brooke errötete als sie sagte: »Nein. Du hast da wohl etwas falsch verstanden. Ich habe Dich nie einen Angeber genannt. Glaube ich jedenfalls … Selbstverständlich kannst Du gerne zum Frühstück vorbeikommen. Ich weiß nur nicht, inwieweit Christie und Kaya schon in Form sind.«

Als Brooke in ihre Auffahrt einbog, lief ihr Christie mit einem Tablett voller Geschirr über den Weg. Sie war dabei den Tisch unter dem alten Ahornbaum zu decken. Kaya saß halb benommen in einem Liegestuhl und stöhnte vor sich hin. Brooke schlug die Fahrzeugtüre heftig zu und musste laut auflachen, als Kaya zusammenzuckte. »Oh Gott!« ächzte diese, »sei bloß leise.«

Christie rief extra laut vom Tisch herüber: »Wer feiern kann, kann auch aufstehen und den Tisch decken!«

»Ihr Schotten habt einfach keine Kultur!«, schnaubte Kaya in Richtung Brooke. »Erst schüttet ihr euch die halbe Nacht mit diesem Zeug zu und steht dann mit den Hühnern auf!«

Brooke lachte ebenfalls und sagte: »Jetzt komm, mach hin. Der gute Sam kommt gleich zum Frühstück.« Mit dieser Information vollführte Kaya eine Wandlung um einhundertachtzig Grad, schoss aus dem Liegestuhl empor und verschwand im Haus.

Sam parkte seinen Jeep in der Einfahrt und sprang aus dem Wagen. Er sah nach der vergangenen Nacht beinahe unverschämt fit aus. Sein durchtrainierter Körper kam in den Sportklamotten irritierend gut zur Geltung. Verwirrt über diesen Gedanken wandte Brooke den Blick in Richtung Haus ab. Dort erschien eine komplett verwandelte Kaya in der Türe. Sämtliche Spuren der Nacht waren verschwunden. Kaya war dezent geschminkt, hatte sich in Jeans und Glitzer-Oberteil geworfen und sah einfach so umwerfend gut aus wie es nur Kaya fertigbrachte. Sie hatte diesen Schlafzimmerblick drauf, der bei anderen ein wenig nuttig wirkte, bei Kaya jedoch stets ungemein sexy.

Und so ging sie zielstrebig auf Sam zu, umarmte ihn und küsste ihn rechts und links auf die Wange. Während sie ihm die Tüte mit den Brötchen abnahm, hakte sie sich bei ihm unter und führte ihn zum Tisch: »Guten Morgen, mein Lieber. Das freut mich aber, dass Dein erster Gedanke heute einem gemeinsamen Frühstück mit uns galt,« flötete sie.

»Mein allererster!« ging Sam auf ihr Geplänkel ein während er Christie, die das Besteck am Tisch ordnete, ebenfalls umarmte und auf die Wange küsste, wie Brooke irritiert feststellte. Schließlich hatte er sie nicht umarmt. Nicht dass sie Wert darauf legte.

Christie zog ihm einen Stuhl zurück, damit er sich setzte und goss ihm ungefragt eine Tasse Kaffee ein. Milch und Zucker lehnte er dankend ab. Kaya rückte ihren Stuhl dichter an Sams Seite während Brooke und ihre Freundin damit beschäftigt waren hin und her zu laufen und den Tisch fertig zu decken. Als sie sich zu den beiden setzten war schon eine rege Unterhaltung im Gange. Christie sah amüsiert zu Brooke, die nur den Kopf schüttelte. Dies wiederum schien Sam zu bemerken und er wandte sich an die beiden: »Was ist denn nun mit unserem Ausflug nach Glasgow?«

Brooke hob eine Augenbraue. ‚*Unser Ausflug*?‛ Sie verkniff sich aber einen Kommentar. Christie zögerte bevor sie antwortete: »Also, ich muss heute nicht unbedingt noch irgendwo hinfahren. Ich sehe mich eher hier im Liegestuhl als im Auto.« Fragend sah sie Brooke an.

»Ganz wie ihr wollt. Wir können das auch auf morgen verschieben oder wenn ihr das nächste Mal kommt.«

Kaya sah Christie entgeistert an: »Was?? Lässt Du dich jetzt von so ein bisschen Whiskey aus der Bahn werfen? Brooke hat einen Tisch bei *Jamie Oliver* reserviert. Das lassen wir uns doch nicht entgehen!« Sie fasste sich empört an die Stirn. Vergessen war, dass sie vor einer halben Stunde noch wie eine Wasserleiche im Gartenstuhl gelegen hatte. Sam, der soeben sein Brötchen mit Marmelade bestrich, hielt inne. »Ihr wollt wirklich bei Jamie Oliver essen? Vergesst es. Ich kann für euch kochen.« Kaya stand der Mund offen: »Du kannst kochen?«

Irritiert blickte er sie an: »Aye. Wieso sollte ich das nicht können?«

»Also, ich kenne nicht viele Männer, die kochen können. Eigentlich gar keine … Und schon gar keine, die Frauen, die eigentlich bei Jamie Oliver gebucht haben, zum Essen einladen. Das ist mal eine richtige Challenge!«

Sam lachte: »Okay. Das Niveau von Jamie ist vielleicht ein bisschen hoch, aber ich bin in der Lage, euch satt zu kriegen. Versprochen.«

Brooke seufzte. Der Tag entwickelte sich in eine völlig andere Richtung als geplant. Sie wollte an diesem Wochenende eine schöne Zeit mit ihren Freundinnen verbringen. Sie selbst war schon lange nicht mehr in Glasgow gewesen und hatte sich auf einen Ausflug in diese alte Arbeiterstadt, die sich so jung und modern entwickelt hatte, gefreut. Übermorgen würden die beiden schon wieder nach Hause fahren und nun hatten sie bereits den gestrigen Abend mit ihrem Nachbarn verbracht. Jetzt saß er entspannt zurückgelehnt in einem Korbsessel am Tisch und machte keinerlei Anstalten aufzubrechen. Und nun riss er auch noch das Abendessen an sich.

Sam schlug leicht auf den Tisch und sah fragend in die Runde: »Da wir heute einen der wenigen sonnigen Tage in Schottland haben, sollten wir auf jeden Fall etwas unternehmen, findet Ihr nicht?« Brooke sah ihm direkt in die Augen und sagte: »Wie schon erwähnt, wir wollten uns heute einen schönen Tag in Glasgow machen.« Sie wandte sich Kaya zu: »Oder haben sich unsere Pläne geändert?« Bevor Kaya antworten konnte, erwiderte Sam: »Ich habe ja bereits angeboten, euch zu fahren.« Da legte Kaya eine Hand auf seinen Arm und gurrte: »Anders herum gefragt, was würdest Du denn gerne machen?«

Wie? Brooke setzte sich in ihrem Stuhl gerade. Was lief nun schief? Wieso war ihr Nachbar plötzlich Teil ihres Tagesprogrammes? Bevor sie sich allerdings lautstark echauffieren konnte, bemerkte Sam ihren Unmut und hob beschwichtigend die Arme: »Oh, ich wollte mich gar nicht aufdrängen. Es ist euer Tag. Ich verabschiede mich jetzt lieber. Ich glaube, da war noch eine Einladung zu einer Ausstellung eines Freundes...« Damit erhob er sich. Bevor irgendjemand reagieren konnte, stand Kaya ebenfalls auf und sagte: »Ich begleite Dich sehr gerne, wenn es dir nichts ausmacht. *Jamie Oliver* habe ich auch in London.« Sie warf Brooke einen entschuldigenden Blick zu und murmelte in Richtung Sam: »Gib mir zwei Minuten.« Vergessen war ihre Empörung von vor drei Minuten.

Wütend über Kayas Abgang trug Brooke das restliche Geschirr ins Haus und schlug die Tür mit dem Fuß hinter sich zu. Da konnte sie genauso gut in ihrer Werkstatt verschwinden. Energisch bearbeitete sie ihre Küchen-

Anrichte um die Spuren des Frühstücks zu beseitigen. Eigentlich war sie ja wütend auf Sam, der diese ganze Unruhe verursacht hatte. Von Anfang an hatte sie gewusst, dass er eine unmögliche Person war. Während sie zum wiederholten Mal mit dem Spüllappen über die Arbeitsplatte fuhr bemerkte sie im Augenwinkel Christie, die im Türrahmen lehnte. »Na, sauber genug?« vorsichtig sah die Freundin sie an. Brooke lehnte sich gegen den Küchenschrank und warf den Lappen in die Spüle. Dann seufzte sie: »So habe ich mir das Wochenende auf keinen Fall vorgestellt.«

»Ach, komm. Gehen wir halt alleine nach Glasgow.« Christie strich ihr über den Arm. »Nur wir beide.«

»Geht es dir überhaupt so gut, dass du eine einstündige Autofahrt über dich bringst?« Brooke nahm sie argwöhnisch in Augenschein.

»Klar, ich leg mich jetzt noch eine Weile hin und dann fahren wir ganz gemütlich los. Ich lass mir doch Jamie nicht entgehen. Außerdem war ich schon seit ewigen Zeiten nicht mehr in Glasgow. Okay?« Sie hielt Brooke die offene Handfläche hin und diese schlug ein: »Okay. Nur wir beide!«

Sam betrat mit der Post in der Hand sein Haus. Er sortierte die Umschläge nach Wichtigkeit und kam zu dem Ergebnis, dass keiner es wert war, geöffnet zu werden. Als er die Haustüre schließen wollte, stieß er gegen einen Gegenstand der schmerzlich aufjaulte. »He, was soll das?« schnauzte er Rosa an, die ihm wohl gefolgt war. Natürlich antwortete sie ihm nicht, hob aber anklagend die Pfote, die er ihr in der Türe eingeklemmt hatte, hoch.

Er ging in die Hocke. »Lass mal sehen.« Prüfend tastete er die Pfote ab und nachdem sie nicht gebrochen zu sein schien, tätschelte er ihr den Kopf. »Tut mir leid, altes Mädchen. Aber was schleichst du auch hinter mir her?« Harsch zog er sie am Halsband zurück durch die Türe und befahl ihr nach Hause zu gehen. Rosa blieb einfach stehen, was ihn nicht weiter kümmerte. Er ging ins Haus und nachdem er sich vergewissert hatte, dass sie ihm nicht gefolgt war, warf er krachend die Tür ins Schloss.

Auf dem Weg zum Bad entledigte er sich seiner Sportklamotten und stieg in die Dusche. Während er sich die Haare abtrocknete sah er aus seinem Badfenster wie Brookes Cherokee aus der Einfahrt bog. Er würde etwas später mit Kaya, die sich nicht davon hatte abbringen lassen, ihn zu begleiten, auf die Ausstellung eines befreundeten Galeristen gehen.

Glasgow war wunderschön an diesem Nachmittag. Die Sonne sandte warme Sonnenstrahlen in die kleinen Gässchen mit ihren winzigen Läden und gab der Stadt dadurch ihre besondere Atmosphäre. Die Straßen waren ziemlich voll am Samstagnachmittag aber Brooke kannte es nicht anders. Seit Glasgow sich von der grauen Arbeiterstadt in eine moderne City mit großem, kulturellem Angebot gemausert hatte, wuchs auch die Zahl der Touristen.

Die Freundinnen stöberten durch die Boutiquen und den großen Bücherladen mit Deko- und Geschenkeabteilung in der Nähe des *Hard Rock Cafés* in der *Buchanan Street*. Nachdem sie noch etwas Zeit hatten bis zu ihrer Reservierung in *Jamie Olivers* Restaurant, betraten sie den Burger und Steak-Tempel und setzten sich an die Bar. Brooke ging gerne in ein Restaurant dieser Kette. Selbst wenn man ohne Begleitung kam, wurde man vom Personal so herzlich empfangen als würde man sich persönlich kennen und mit zur großen Familie gehören. Die Kellner unterhielten und scherzten mit allein speisenden Gästen besonders aufmerksam. Diese Atmosphäre und die hippe Hintergrund-Musik, die hier immer lief, schafften es, dass man nicht das Gefühl bekam, ohne Anschluss zu sein. Und Brooke liebte die mit Käse und Jalapenos überbackenen Nachos; Figur hin oder her.

Das Menü in *Jamie Olivers* Restaurant war traumhaft. Er kochte überwiegend mit saisonal erhältlichen Produkten. Seine Gerichte waren einfach gehalten, bestanden nur aus wenigen Zutaten und erfreuten den Gaumen mit frischen Kräutern und würzigen Aromen. Und obwohl die Portionen nicht gerade klein waren, hatten die beiden Frauen nicht das Gefühl, sich zu überessen. Bis hin zu seinem Dessert aus Himbeeren mit Honig im Blätterteig war jeder Gang ein Traum. Sowohl optisch als auch geschmacklich. Christie, die sich den lieben langen Tag damit beschäftigte, Kalorien zu zählen, leerte jeden Teller mit einem genüsslichen Seufzer. Leider war Jamie selbst an diesem Tag nicht im Restaurant, was den Besuch jedoch nicht schmälerte. Satt und zufrieden machten sie sich am frühen Abend auf die knapp einstündige Heimfahrt nach Edinburgh.

Sam verließ mit Kaya die Ausstellung, die sich als langweiliger entpuppte als er befürchtet hatte. Und seine

Begleitung, die in einer Tour quasselte, erheiterte ihn auch nicht wirklich. Sie war ihm nicht unangenehm, besonders weil sie vielen Männern mit ihrer attraktiven Silhouette und der gepflegten Erscheinung ins Auge fiel. Aber sie hängte sich ein wenig zu sehr an ihn. Und er war nicht interessiert. Während der Autofahrt überlegte er angestrengt wie er ihren Tatendrang stoppen konnte. Sie sprach nämlich ununterbrochen von einem Kinofilm, den sie unbedingt sehen wollte. Sam aber, der mit dem Filmgeschäft und den Kulissen dahinter von Berufs wegen ziemlich vertraut und eingespannt war, konnte ihre Begeisterung nicht annähernd teilen. So setzte er sie vor Brookes Grundstück ab und murmelte etwas von ,Unterlagen durchsehen' als hinter ihm der Cherokee in die Einfahrt bog. Er musste weiter auf das Grundstück fahren um Brooke auf ihren Parkplatz einbiegen zu lassen. Er wendete seinen Wagen als die beiden Frauen ausstiegen und Kaya heftig auf sie einredete: »Komm schon, Brooke. Morgen ist unser letzter Abend.« Sie deutete Sam an zu warten. Er konnte buchstäblich in Brookes Gesicht lesen, dass es ihr nicht passte, was Kaya ihr vorschlug.

»Morgen kommen Luke und Savannah zum Grillen. Aber ich kann nicht genau sagen wann. Ich will mich nicht auf eine Uhrzeit festlegen müssen.«

»Ach Brooke, komm schon. Sam wohnt da oben. Wenn Deine Kinder da sind, geben wir ihm Bescheid und er ist in null Komma nix hier unten.«

Sie unterstrich ihre Worte mit einer Handbewegung die andeutete, dass sie Brooke für bekloppt hielt, weil sie solche Einwände hatte. Sam fand es witzig wie Brooke sich aus der Situation zu winden versuchte und grinste breit: »Ich schau mal, ob ich es einrichten kann. Ihr gebt mir einfach Bescheid.« Sprach's und brauste nach Hause.

Brooke stapfte wütend ins Haus und schlug die Türe hinter sich zu. Kaya riss sie umgehend wieder auf und keifte: »Ich weiß gar nicht, was Du hast. Er ist super nett und sehr unterhaltsam. George und Tessa hast Du auch eingeladen. Und sie sind enge Freunde von Sam.« Sie bekam keine Antwort.

Im Laufe des nächsten Tages beruhigte sich Brooke wieder während sie sich an die Vorbereitungen für das Abendessen machte. Christie, die ihre Freundin gut kannte, wartete bis Brooke von sich aus wieder sprach und so arbeiteten die beiden Frauen stillschweigend zusammen in der Küche. Ihre Handgriffe gingen in einander über während sie Fleisch marinierten, Salat putzten und Cocktailsaucen anrührten. Nebenbei prüfte Brooke immer wieder den Teig für ihr berühmtes Brot bevor sie es endgültig fertig formte. Für eine besonders dunkle knusprige Kruste stellte sie eine ofenfeste Wasserschale mit in den heißen Backofen. Die Stimmung lockerte ein wenig auf als eine Flasche eiskalten Weißweins geöffnet wurde. Kaya ließ sich nach einem wortkargen Frühstück nicht blicken.

Christie trug das Geschirr in den Garten unter den großen Baum. Leises Schnarchen ließ sie aufhorchen. Kaya lag auf einem Liegestuhl bei den Holunderbüschen und schlief tief und fest. Ihr leicht geöffneter Mund produzierte beim Aus- und Einatmen kleine Bläschen. ,Uups', dachte Christie grinsend. ,Gar nicht ladylike.'

Mit lautem Knall ließ sie das Besteck auf den Tisch fnallen. Und wie erwartet schoss Kaya in die Höhe. Schlaftrunken setzte sie sich auf und streckte sich. Doch anstatt ihnen ihre Hilfe anzubieten sah sie auf die Uhr und griff sich in die Haare. »Oh, schon so spät.« Ohne ein weiteres Wort stand sie auf und ging ins Haus.

Christie schüttelte den Kopf und deckte weiter den Tisch. Liebevoll faltete sie Servietten und polierte die Gläser nach als George und Tessa in den Hof fuhren. Wenn Brooke die Familie einlud gehörten ihre engsten Freunde selbstverständlich dazu. George trug eine Kiste Wein ins Haus während Tessa sich ächzend in einen mit einer Decke ausgelegten Korbstuhl am Tisch fallen ließ.

»Ich helf'' Dir gleich beim Raustragen«, sagte sie zu Christie. »Auf diesem Bauch kann man eine ganze Menge abstellen.« Sanft strich sie über ihre hoch aufragende Kugel.

»Bleib Du mal schön sitzen. Das machen wir schon. Geht es Dir gut?«

»Ja, danke. Ich beschwere mich nicht. Nachdem es mir zu Anfang echt beschissen gegangen ist und sich George schon bittere Vorwürfe gemacht hat, bin ich jetzt mehr als zufrieden. Keine Übelkeit, kein Wasser in den Beinen und auch sonst keine Wehwehchen. Mein Bewegungsradius ist ein wenig eingeschränkt und das genieße ich sogar ein bisschen. Aber pst.« Sie legte den Finger an den Mund und sah sich nach George um, der gerade wieder aus dem Haus kam. Christie lachte. Sollte er sich ruhig ein wenig um seine schwangere Frau bemühen.

Brooke kümmerte sich bereits um das Grillfeuer in

dem großen Steingrill. Die Kohle schien schon heiß genug zu sein, denn sie zerteilte die Glut und legte die großen Fleischstücke auf. Sie drückte George die Grillzange in die Hand und bat ihn ein Auge darauf zu haben. Während sie zusammen mit Christie Brot und Salat, Grillbutter und –soßen aus dem Haus trug erschien auch Kaya in der Türe. Sie hatte die Haare gewaschen, Makeup aufgelegt und sich in Schale geworfen als wäre sie auf dem Weg in einem Club. Brooke besah sich ihre eigenen Jeans und das Sweatshirt und schüttelte unmerklich den Kopf. Kaya nahm neben Tessa Platz und sah ihren beiden Freundinnen zu wie sie das Essen und die Getränke aus dem Haus schleppten. Als Christie schwer atmend eine Wanne mit auf Eis gekühltem Bier absetzte kommentierte Kaya lapidar: »So viel Bier! Das sind aber eine Menge Kalorien.« Schnippisch gab Christie zurück: »Würdest Du Dich ein bisschen bewegen und uns nicht nur beim Arbeiten zuschauen, könntest Du sogar die eine oder andere Kalorie verbrennen.« Kaya sah sie mit offenem Mund an ohne etwas zu sagen. Auch Brooke zog verwundert die Augenbrauen in die Höhe. Was war nur aus ihrem Wochenende geworden? Sie waren immer die Unzertrennlichen gewesen. Und nun lag den ganzen Tag schon eine gewisse Spannung in der Luft. Dass sie selbst daran nicht ganz unschuldig war, entging ihrer Aufmerksamkeit.

»Ist doch wahr«, murmelte Christie. Aber bevor noch irgendjemand einen Streit vom Zaun brechen, konnte, bog Harrys Wagen in die Auffahrt. Savannah stieg auf der Fahrerseite aus und Brooke strahlte. Sie liebte es, Freunde und Familie zu Besuch zu haben, zu bewirten und zu umsorgen. Wenn sie ihre Kinder um sich hatte war sie glücklich. Wobei sie stets Wert darauf legte, Luke und Savannah nicht das Gefühl zu geben, sie müssten sich um sie kümmern. Sie sollten aus freien Stücken zu ihrer Mutter kommen. Harry der um das Fahrzeug herum gekommen war küsste Brooke auf beide Wangen. Im Arm hielt er eine große Schüssel. »Vanni hat ihren New York Cheesecake gebacken.« Er hielt ihr die Kuchenform hin.

»Wow!« George verließ den Grill, den man ihm als bisher einzigem Mann überlassen hatte und nahm Savannah in die Arme: »Hallo, Kleines. Gut siehst Du aus.« An Harry gewandt, klopfte er ihm auf die Schulter: »Danke, mein Junge, dass Du die Quote erhöhst. Ich fühlte mich ein bisschen einsam …«.

»Ich war ja dafür, Sam auch einzuladen. Aber er steht hier auf der Liste der Unerwünschten.« Kaya verzog spöttisch die Mundwinkel. George machte ein erstauntes Gesicht.

»Er ist nicht unerwünscht. Aber ich denke, er hat an einem Samstagabend etwas Besseres zu tun als sich bei einem Familientreffen zu langweilen. Bei *so* einer Freundin!« Die Betonung legte sie bewusst auf seine Freundin, weil sie wusste, dass sie damit bei Kaya einen Stich setzen konnte.

»Meinst Du Lori?« Tessa wandte sich an George: »Ist sie nicht in den Staaten geblieben?« Ihr Mann brummte zustimmend. Kaya sprang von ihrem Stuhl auf. »Was? Das heißt, er ist ganz alleine da oben und sieht uns beim Feiern zu?« Sie baute sich vor Brooke auf: »Seit wann bist Du so herzlos?« Brooke schwoll der Kamm an aber sie war bemüht, sich nichts anmerken zu lassen. Bevor sie jedoch antworten konnte, mischte sich Savannah ein: »Spricht sie von unserem Sam?« fragte sie neugierig. »Warum sollte er nicht mit uns essen dürfen?«

»Jetzt fang' Du nicht auch noch an,« zischte sie ihrer Tochter zu während sie hilflos mit ansah wie Kaya davon stapfte und sich auf den Weg zur Villa machte. Brooke wusste, wann sie sich geschlagen geben musste. Mit hängenden Schultern schlich sie ins Haus um ein weiteres Gedeck zu holen.

Als ihre Freundin mit Sam zurück kam begrüßte sie ihn höflich und reichte ihm ein Bier. Dann begab sie sich zum Grill und legte weiteres Fleisch nach. Demonstrativ stellte sie sich mit dem Rücken zu ihren Gästen. Nachdem sie eine Weile das Fleisch drehte und wendete bemerkte sie, dass niemand von ihrer Abwesenheit Notiz nahm. Die ganze Runde schien sich angeregt zu unterhalten. Langsam legte sich ihre Verstimmung und ihre innere Gelassenheit kehrte zurück. Sie prüfte die Steaks auf ihren Garzustand und gerade als George ihr zu Hilfe kommen wollte, konnte sie das Fleisch vom Gitter nehmen. Mit lautem Hallo wurde sie am Tisch empfangen und sie entspannte sich vollends. Im Grunde brachte es ihr nichts, die beleidigte Gastgeberin zu spielen. Es würde gar keinem auffallen.

Kaya übernahm nun das Kommando und reichte Sam den Teller damit er sich als erster bedienen konnte.

»Hey, Sam! Das nenn ich einen Schlag bei den Frauen! Als letzter kommen und als erster das größte Steak kriegen.« Savannah zwinkerte ihm bewundernd zu.

»Ja, einen Schlag bei den Frauen zu haben, sollte man ausnutzen.« Sam grinste zurück. Brooke stöhnte innerlich. Flirtete er mit ihrer Tochter? Sofort regte sich wieder ihr Missmut. Aber da ergriff Kaya seine Hand und schmachtete ihrerseits: »Ja, diesen Schlag hat er.«

»Aber das größte Stück Fleisch ist es nicht.« Demonstrativ hob er sein, zugegeben kleines in die Höhe. »Ich gebe zu, die Versuchung war da, aber meine gute Kinderstube hat mich zurückgehalten.«

Jetzt konnte sich Brooke nicht mehr zurückhalten: »Kinderstube! Dass ich nicht lache…. Wenn einer im Schnelldurchgang die Kinderstube absolviert hat, dann ja wohl Du!« Empört schnaubte sie. Dieser Mensch glaubte tatsächlich, Anstand zu haben. Sie dachte zurück an die ersten Begegnungen mit ihm. Unglaublich! Die anderen am Tisch lachten. Sam ebenfalls. Aber seine Augen gaben ihr ein deutliches Zeichen des Nicht-Verstehens. Er war der Meinung gewesen, dass nach dem gemeinsamen Frühstück am Vortag das Kriegsbeil begraben worden wäre. Doch bevor er ihr etwas entgegnen konnte, nahm ihn Kaya wieder in Beschlag. Sie reichte ihm das Brot und die Salate und füllte sein Glas erneut. Tessa und Christie unterhielten sich über den Tisch hinweg als eine Limousine in den Hof einbog. Brooke sprang auf: »Luke!«

Sam sah ihr nach als sie mit großen Schritten auf den Wagen zuging. Luke, Brookes hochgewachsener Sohn, stieg aus dem Auto aus und umarmte seine Mutter. Sam konnte die Herzlichkeit und Innigkeit zwischen Sohn und Mutter spüren. Das gleiche Gefühl hatte er auch wenn er sie zusammen mit Savannah erlebte. Im Grunde war Brooke ein herzensguter Mensch. Ihre Familie und ihre Freunde waren ihr wichtig und sie scheute keine Mühe, alle zu umsorgen. Sie war geradezu süchtig nach Harmonie. Deshalb hatte er keine Erklärung dafür, was er getan haben sollte, dass sie ihn so ablehnte. Leicht frustriert lehnte er sich in seinem Stuhl zurück und streckte die Beine aus. Dabei stieß er gegen einen Gegenstand der laut aufjaulte. Brooke hob abrupt das Tischtuch an und sah darunter. Rosa lag Sam zu Füßen und sah sie anklagend an.

»Was siehst du mich so böse an? Ich habe dich nicht getreten. Das war er.« Sie deutete unter dem Tisch auf Sams Beine und warf ihm beim Aufrichten einen bösen Blick zu.

»Ich wollte sie nicht treten. Ich wusste nicht, dass sie da unten liegt.« Entschuldigend tätschelte er dem alten Hund den Kopf. Bis er plötzlich inne hielt und erschrak. Was machte er da? Er streichelte ein Tier. Das hatte er ja noch nie gemacht. Irritiert zog er seine Hand zurück und wischte sie unmerklich an seinem Hosenbein ab. Brooke versuchte erfolglos Rosa am Halsband unter dem Tisch hervor zu ziehen. Der Hund sträubte sich und ließ sich wieder auf Sams Füßen nieder.

»Ok, du bockiger alter Esel. Dann bleib da liegen aber pass auf seine Füße auf.« Brooke war verwirrt. Rosa war eine Hündin mit einem siebten Sinn. Sie würde sich niemals einem Menschen nähern, der ihr nicht geheuer war. Dazu hatte sie in ihrem vorherigen Leben zu viel schlechte Erfahrungen gemacht. Deshalb war es umso verwunderlicher, dass sie sich zu Sam hingezogen fühlte.

Luke zog seine Schwester mit Harrys Wagen auf. »Solides Auto habt ihr da. Wie viele Meilen bringt denn das gute Stück so als Spitzenleistung?« Er versuchte nicht zu lachen. Savannah hatte schon von je her ein Faible für schnelle Autos. Als Luke ein Spiel in der Champions League in Deutschland hatte, besuchten sie zusammen ein Automobil-Museum. Fasziniert begutachtete sie damals jedes ausgestellte Modell. Und seit dieser Reise war ihr größter Traum ein Mercedes. Leider überstieg diese Anschaffung bisher ihr Budget. Brooke vor allem ermahnte sie stets zur Vernunft. Besonders weil sie ein Fahrzeug mit dieser hohen PS-Zahl in Schottland nirgendwo ausfahren könne, da es im ganzen Land eine Geschwindigkeitsbegrenzung von einhundertzehn Meilen gab. Luke hatte sich angeboten, ihr einen Wagen zu kaufen, aber das wollte Savannah nicht. Wenn sie nicht selber in der Lage wäre das Auto zu bezahlen, würde es ihr keinen Spaß machen es zu besitzen. Als sie das erste Mal mit Harrys Volvo-Kombi auf den Hof gefahren kam, musste Luke grinsen. Savannah stieg aus und hielt sich mit beiden Händen die Augen zu: »Wenn ich einsteige, mache ich einfach die Augen zu. Dann merke ich gar nicht in welch einer Mühle ich sitze.« Sie wischte sich einen imaginären Fusel von der Schulter. »Hohn und Spott prallen an mir ab.«

Sie hatte schon mehrfach versucht, Harry die Vorzüge eines neueren fahrbaren Untersatzes schmackhaft zu machen. Zumal er es sich finanziell ohne weiteres leisten konnte. Aber Harry hing an seinem alten Vehikel.

Beim Essen entkrampfte sich die Atmosphäre und Brooke beteiligte sich ausgelassen an den Gesprächen.

Die schlechten Schwingungen waren wie weggeblasen. Und als auch die letzte Wurst vom Grill verschwand lehnte sie sich satt und zufrieden zurück. Das war ihr Leben: umgeben von Menschen, die ihr wichtig waren und die ihr guttaten. Am liebsten würde sie diesen Augenblick einfrieren um ihn in schlechten Zeiten wieder hervorzukramen.

»Vanni, wie sieht es bei Dir aus? Wie lange wirst du noch studieren?« Tessa, die Savannah seit ihrer ersten Begegnung mit Brooke kannte, mochte das Mädchen sehr. Sie war wie eine nahe Verwandte für sie und Tessa hatte an ihrem Werdegang immer regen Anteil genommen.

»Tja. Im Grunde bin ich fertig. Ich schreibe noch die Bachelor-Arbeit und bin dabei in den letzten Zügen.«

»Und dann?«

»Dann wird sie bei *Tronders and Bennet* anfangen.« Verkündete Brooke nicht ohne Stolz anstelle ihrer Tochter. *Tronders and Bennet* war eine angesehene Agentur, die weltweit Werbefilme für größere und bekanntere Markenprodukte entwarf und produzierte. Savannah hatte während des Studiums eine Praktikantenstelle in der Marketingabteilung bekommen und man hatte ihr eine feste Anstellung in Aussicht gestellt, wenn sie ihr Studium beendet hatte. Für Brooke war es selbstverständlich, dass ihre Tochter dieses nicht alltägliche Angebot annahm. Darum erschrak sie zutiefst, als Savannah sich jetzt im Stuhl hin und her wandte und keine richtige Antwort geben wollte. Aus den Augenwinkeln konnte sie sehen, dass Harry grinste. Was gab es da zu grinsen?

»Also ja. Eigentlich habe ich die Stelle bei der Agentur sicher. Aber in der ganzen Zeit des Studierens und auch mit dem Zusammenstellen der schriftlichen Arbeit ist mir klar geworden, dass ich jetzt erst einmal eine Weile machen möchte, was mir Spaß macht.« Sie legte eine Sprechpause ein und konnte dabei regelrecht hören, wie ihre Mutter den Atem anhielt.

»Was genau würde Dir denn Spaß machen?« fragte Tessa.

»Och, da fällt mir einiges ein. Aber um konkret die Katze aus dem Sack zu lassen: ich eröffne einen kleinen Laden mit Blumen, Kerzen und handgefärbter Wolle in der *Princess Street*. Deko-Artikel halt.« Sie hielt den Blick fest auf Tessa gerichtet, damit sie nicht ihrer Mutter in die Augen schauen musste. Sie hätte es ihr natürlich gerne schonender beibringen wollen und vor allem zu einem passenderen Zeitpunkt als jetzt vor versammelter Mannschaft. Savannah wusste von vorn herein, dass ihre Mutter es niemals gutheißen würde, einen sicheren Job gegen eine Laune einzutauschen. In dieser Hinsicht hatte Brooke eine eigene konservative Vorstellung von Berufen mit Zukunft.

»Was soll es denn in diesem Laden so an Dekorationen geben?« Brooke bemühte sich sichtlich, nicht die Fassung zu verlieren.

»Wolle, Kerzen, Servietten, Windlichter, Blumen und Kleinigkeiten halt.«

»Heilige Mutter Gottes, wer kauft denn so was?«

Sam verfolgte aufmerksam den Wortwechsel zwischen Mutter und Tochter und musste wie alle anderen schmunzeln, als Savannah achselzuckend die Hände hob und mit einer ausholenden Bewegung auf die zahlreichen Laternen und Windlichter deutete: »Leute wie Du. Glaub mir, es gibt viele, denen das gefällt. Damit bist du nicht allein. Und der Trend geht wieder zum Handarbeiten mit fair gehandelten Materialien.« Damit legte sie den Arm um ihre Mutter und zog sie an sich. Sie spürte, dass sie mit dieser Nachricht ziemlichen Wirbel verursachte und ihre Mutter mit den Tränen kämpfte. Tessa, die schon immer ein Gespür dafür hatte, wann eine Stimmungslage zu kippen drohte, meldete sich zu Wort: »Liebes, das wird bestimmt wundervoll. Brooke und Du, ihr habt den gleichen Geschmack und mit den richtigen Accessoires wird das auf jeden Fall ein Erfolg. Du weißt genau wie Deine Mutter, was den Leuten gefällt. Ich zähle mich jetzt schon zu deinen Stammkundinnen!«

Den bösen Blick, den sie hierfür von Brooke erntete, ignorierte sie geflissentlich.

Auch Sam spürte, dass die Stimmung am Tisch eine andere Wendung annahm. Irgendwie schien jeder zu spüren, dass sich eine Kluft zwischen Mutter und Tochter auftat, aber keiner wollte sich den Abend verderben lassen und sich in irgendeiner Form zu diesem Thema äußern. Die Unterhaltung ging einfach weiter als wäre nichts gewesen. Christie schenkte gerade zu aufdringlich allen die Gläser nach, Tessa unterhielt sich mit Savannah über ein völlig neues Thema, geradeso als wäre das Wort ‚Deko-Laden‘ nie gefallen. Luke und George vertieften sich wieder in ihre Fußball-Debatte und Kaya hatte anscheinend gar nichts mitbekommen. Sie saß in sich gekehrt zurückgelehnt in ihrem Sessel und betrachtete die Sterne. Unauffällig sah er zu Brooke hinüber und konnte ihren Schock beinahe körperlich fühlen. Wie ein Häufchen Elend war sie in ihrem Korbstuhl zusammengesunken. Es hatte den Anschein, als würde sie nichts mehr um sich herum wahrnehmen. In ihren katzengrünen Augen, die ihn so sexy anblitzten, wenn sie wütend auf ihn war, glitzerte es feucht. Er spürte, dass sie versuchte, die Tränen zurückzuhalten. Plötzlich überkam ihn ein Gefühl, dass er im Grunde gar nicht kannte: er verspürte Mitleid. Diese Erkenntnis irritierte ihn ein wenig. Er konnte sich nicht mehr daran erinnern, wann er zuletzt Mitleid mit jemanden verspürt hatte. Meistens hinterließ er den Scherbenhaufen und ging aufrechten Hauptes von dannen.

Stumm schob Brooke nach einer Weile ihren Stuhl zurück, ohne dass jemand Notiz von ihr nahm. Sie begann einen Teil des Geschirrs abzuräumen. Es hatten sich kleine Grüppchen gebildet, die in intensive Gespräche verwickelt waren. Harry, Savannah und Sam unterhielten sich angeregt über die Vereinigten Staaten und Tessa warf ab und zu ihre Reiseerlebnisse ein. Kaya hing an Sams Lippen und sagte gar nichts. George und Luke besprachen die komplette englische Fußball-Liga und ließen keinen Verein der Premier League aus. Christie schien vor sich hinzudösen.

Während Brooke mit einem Stapel Teller in der Hand am Tisch stand sagte sie an Savannah gewandt: »Was hast Du nur immer mit Amerika? Es gibt so viele schöne Länder, die nicht so gefährlich sind.« Savannah sah irritiert auf aber bevor sie etwas erwidern konnte, ergriff Sam das Wort: »Du tust, als würden wir in den Gaza-Streifen fahren.« Tessa kicherte aber Brooke konnte nicht darüber lachen. »Hüte Dich, meine Tochter auf solche Ideen zu bringen!« zischte sie.

»Also da hätte ich dann auch noch ein Wörtchen mitzusprechen« meldete sich Harry zu Wort.

»Ach wirklich?« Brooke hob spöttisch eine Augenbraue. Dann trug sie das Porzellan ins Haus.

Sam sah ihr nachdenklich nach. Er konnte es einfach nicht verstehen, warum sie sich so an ihm aufrieb. Er für sich fühlte sich wohl in dieser Gemeinschaft von Familie und Freunden. Es war etwas, was er nicht kannte. Sein Vater verließ seine Mutter, als er noch ganz klein war. Seine Mutter hatte ihn daraufhin zur Großmutter gegeben, wo er zusammen mit seinem kleinen Bruder aufwuchs. Von ein paar Kurzbesuchen abgesehen, sahen die Brüder ihre Mutter kaum. Sie schien ein bewegtes und abwechslungsreiches Leben zu führen, denn beinahe zu jedem zweiten Besuch brachte sie einen neuen Mann mit. Irgendwann waren die Jungs es leid, neben ihrer desinteressierten Mutter auf der Couch zu sitzen und Vater, Mutter, Kind zu spielen. Nachdem ihre Granny verstorben war, brach sein Bruder Ralph mit Mitte Zwanzig auf, um in Hawaii als Surfer sein Glück zu finden und auch Sam suchte sich seinen Weg. Seither gab es seine Familie quasi nicht mehr. Er war jetzt achtunddreißig Jahre alt und hatte bis heute keinerlei Kontakt mehr zu seinem Bruder. Manchmal vergaß er sogar, dass es ihn gab.

Und genau deshalb tat ihm diese Gesellschaft gut. Sie waren zwar untereinander nicht immer einer Meinung aber durchaus in der Lage, den Ansichten ihres Gegenübers zu folgen und respektvoll zu begegnen. Und wenn er ehrlich war, reizte ihn der Schlagabtausch mit Brooke ein bisschen. Bei diesem Gedanken musste er sogar ein wenig lächeln.

Als es wirklich ganz dunkel wurde, erleuchteten die zahlreichen Kerzen in den Windlichtern und Lampions die kleine Gruppe. Selbst die Solarleuchten in den Bäumen schienen heute genug Sonne abbekommen zu haben. Die Gespräche kamen ein wenig zum Erliegen, vermutlich war dies der verzauberten Umgebung geschuldet. Das frisch gemähte Gras verströmte einen angenehmen Duft und zwei Grillen zirpten unaufhörlich irgendwo in den Büschen.

»Wollen wir ein wenig Musik machen?« fragte Christie in die Stille. Sam bemerkte, dass Brooke zögerte, ihr eine Antwort zu geben. Aber bevor sie sich dazu äußern konnte, klatschte Kaya aufgeregt in die Hände und rief: »Auf jeden Fall. Bringen wir ein bisschen Stimmung in die Bude! Holt schon mal die Sachen.«
Sam spürte ohne hinzusehen, dass Brooke die Stirn in Falten zog als sie ihr mit einem Anflug von Ärger in der Stimme antwortete: »Klar. Wir holen die Sachen. Bleib Du nur sitzen, schließlich bist du zu Besuch.« Er hatte auch schon festgestellt, dass aus dem gemeinsamen Wochenende der drei Freundinnen ein Solo für zwei geworden war. Kaya hatte sich völlig rausgenommen.

Diese machte auch jetzt keine Anstalten aufstehen, sondern murrte: »Also, Du weißt doch am besten, wo die Instrumente stehen.« Savannah fand die ganze Situation witzig und stand lachend auf, um den beiden anderen zu helfen. Harry erhob sich ebenfalls und eilte den Damen hinterher. Was sie dann anschleppten, hatte Sam noch nie gesehen. Die Gitarre schon aber nicht den Holzkasten, den Brooke sich anstelle ihres Gartenstuhles zurechtrückte. Immer wieder drehte und bohrte sie ihn in den Boden um sich dann darauf zu setzen. Savannah reichte Harry eine Gitarre, bei der er die Saiten zupfte und an den Stimmschrauben drehte. Christie stimmte ebenfalls eine Gitarre und suchte auf ihrem Hocker, den sie gegen den Gartenstuhl ausgetauscht hatte, nach der richtigen Sitzposition. Kaya saß nach wie vor entspannt in ihrem Gartensessel als Christie ihr einige Tambourine in den Schoß legte. Kurz hatte es den Anschein als wollte sie sie werfen. Aber sie besann sich wohl eines Besseren. Interessiert beobachtete Sam, wie Brooke sich jeden einzelnen Finger an beiden Händen gezielt mit Isolierband umwickelte. Dann setzte sie sich auf dem Kasten in Position und streifte mit den Handflächen über die lange Seite. Je nachdem in welche Richtung und mit welcher Stärke sie wischte, erzeugte sie ein schlagzeugähnliches Percussion-Geräusch. Später erfuhr er, dass das Instrument Cajon hieß. Die Cajones wurden ursprünglich von Sklaven afrikanischer Herkunft aus Orangenkisten hergestellt und waren ein musikalisches Statement für ihre Gemeinschaft und Zusammengehörigkeit.

Nachdem sich Brooke ein wenig eingespielt hatte, nickte sie den anderen zu und Kaya begann ihr Tambourin zu schlagen und einen alten *Crowded House* Hit anzustimmen. Bei ‚everywhere you go, always take the weather with you‘ sangen bereits Savannah, Tessa und Harry lauthals mit. Es folgten Hits von Abba, den Beach Boys und der Klassiker ‚Sweet home Alabama‘ von Lynyard Skynyard. Mittlerweile summte sogar George mit. Die getrübte Stimmung, die in der Luft gelegen hatte, war wie weggeblasen. Im Gegenteil, nun schien sich aller Unfrieden in Luft aufgelöst zu haben. Kaya sang ohne weitere Absprache ein Lied nach dem anderen und Christie, Harry und Brooke sangen den Refrain und begleiteten sie mit den Instrumenten. Als Kaya nach einem Lied zögerte, sprang Harry ein. Direkt an Savannah gewandt sang der das Lied ‚Hold my girl‘ von George Ezra. Plötzlich lag eine ganz besondere Atmosphäre in der Luft. Savannah drückte seinen Arm und hatte Tränen in den Augen. Auch Brooke spürte ein Kribbeln. Sein Hüftschwung war grauenhaft aber das Timbre seiner Stimme verzauberte sie alle. Dann schien es eine stille Übereinkunft zu geben, denn Harry lehnte seine Gitarre an den Tisch und auch Kaya sang nicht weiter. Lediglich Brooke strich sanft über ihre Holzkiste. Als sie Ed Sheerans ‚Fire‘ anstimmte, hielt Sam den Atem an. Sie sang nicht, sie hauchte. ‚I see fire – inside the mountain, I see fire.‘ Und während er den Blick über ihren Kopf hinweg hob, entdeckte er in der Ferne wie sich am Himmel in blassem rotviolett der neue Tag erahnen ließ. Als Brooke den letzten Akkord ausklingen ließ, sprach niemand ein Wort. Alle waren im Zauber dieses Augenblicks gefangen tief in ihre Korbstühle versunken. In warme Decken gehüllt lauschten sie dem ewigen Wispern der Blätter in den Bäumen.

»Du meldest dich sofort, wenn ihr gelandet seid!« Brooke versuchte nicht weinerlich zu klingen, sondern ihren Worten einen Befehlston zu geben. Aber der Tag, den sie in den letzten Wochen mehr gefürchtet hatte, als der Teufel das Fegefeuer, stand unmittelbar bevor. Savannah flog mit Sam in die Vereinigten Staaten. Für ganze einundzwanzig Tage. Für Brooke eine unglaublich lange Zeit. Wer konnte sich so lange in einem Hotel einnisten ohne finanziellen Ruin zu erleiden? Überhaupt hatte sich ihre Tochter in den letzten Tagen ständig bei Sam aufgehalten. Und das Gesprächsthema Nummer eins war er auch geworden. Sam hier und Sam da. Brooke konnte es nicht mehr hören. Gottseidank stieß Harry nach guten zwei Wochen zu den beiden. Sie wollte sich gar nicht ausmalen, dass sich zwischen dem nach wie vor von ihr nicht sehr geschätztem Nachbarn und Savannah etwas anbahnen würde. Brooke schüttelte sich angewidert.

»Was ist, ist Dir kalt?« Savannah sah ihre Mutter besorgt an.

»Nein. Aber allein der Gedanke, zwölf Stunden in ein Flugzeug eingepfercht zu sein, bereitet mir Schüttelfrost,« antwortete Brooke.

»Ich weiß gar nicht, was Du hast, Luke fliegt auch ständig durch die Weltgeschichte. Zum Teil bis ins tiefste Osteuropa. Da machst Du nie so einen Aufstand.« Savannah verstand wirklich nicht, was an ihrer Reise so gefährlich sein sollte. Schließlich war Sam bei ihr und der kannte sich in den USA und im Reisen allgemein gut aus.

»Luke macht das beruflich und somit bestens organisiert unter Aufsicht von offiziellem Begleitpersonal. Das ist etwas anderes …«

Eine Antwort darauf erübrigte sich. Savannah wusste, wann es klüger war, den Dingen ihren Lauf zu lassen. Sie jedenfalls freute sich unglaublich auf den Trip. Und dass Harry, der drei Konzerte an der Ostküste geben würde, noch zu ihnen stoßen konnte, war einfach nur perfekt.

Als der große zweistöckige Airbus, was sonst, letztendlich tatsächlich abhob, breitete sich in Brooke eine Ruhe- und Rastlosigkeit aus, wie sie sie schon lange nicht mehr verspürt hatte. Savannah hatte nicht recht, wenn sie sagte, dass sich ihre Mutter um die vielen Reisen von Luke keine Gedanken machen würde. Natürlich war sie auch hier jedes Mal erleichtert, wenn er wieder gesund in Schottland zurück war. Aber ihre Gedanken kreisten ständig darum, dass ein Mann kam und ihrer Tochter diesen Seelenschmerz zufügte wie sie es selbst hatte erleben müssen. Und diese Gefahr sah sie bei Luke nicht. Auf immer und ewig würde sie ihr Kind davor schützen. Der Gedanke, dass womöglich Sam so eine Tragödie verursachen würde, bereitete ihr einige schlaflose Nächte.

Brooke hatte gerade erst einen Auftrag abgeschlossen und war nicht in der Stimmung, den neuen anzufangen. In wilder Entschlossenheit machte sie es sich zur Aufgabe, das ganze Haus zu putzen. Fenster, Türen, Schränke und Böden alles eingeschlossen. Wie eine Verrückte schrubbte und wienerte sie durch das Haus. Bis es nichts mehr zu tun gab. Trotzdem verspürte sie immer noch keine Müdigkeit. Also beschloss sie, mit den Hunden in die Hügel aufbrechen. Sie kam genau bis zur Villa als die Hunde schwanzwedelnd abdrehten und auf die

Terrasse zu liefen. In diesem Augenblick trat Annie aus dem Haus. In der Hand hielt sie ein Tasse Kaffee und einen Teller Scones, den sie lachend vor der hungrigen Meute zu schützen versuchte. Was natürlich misslang und zwei glückliche Vierbeiner dachten nicht lange an ihre gute Erziehung, sondern machten sich eifrig über die Kekse auf dem Boden her.

Bestürzt versuchte Brooke die Hunde wegzuzerren und sich bei Annie zu entschuldigen: »Es tut mir leid, das haben sie noch nie gemacht. Aus!«

»Lass nur, Sam gibt ihnen immer Kekse. Wie sollen sie dann wissen, wann sie sie nicht haben dürfen?!«

»Sam gibt meinen Hunden Kekse? Wann?« Sie glaubte nicht, sich an solch eine Begegnung erinnern zu können.

»Och, Rosa kommt oft hier hoch. Am Anfang hat er sie immer raushaben wollen. Aber das Mädchen ist sturer als ein schottischer Ochse. Hat sich einfach umgedreht und ist wieder rein marschiert. Irgendwann hat er dann den Klügeren gemimt und nachgegeben. Aber ich denke, die Klügere ist schon sie. Und jetzt darf sie brav unterm Schreibtisch liegen bleiben.« Lächelnd tätschelte sie der alten Hundedame den Kopf.

Brooke zuckte mit den Schultern und wollte weitergehen. Aber Annie hielt sie auf: »Ich habe dich immer wieder über den Hof huschen sehen, hast du heute Großputztag?« Prüfend sah sie sie an. Aber Brooke zuckte nur mit den Schultern. »Irgendwann muss man es ja mal machen. In der letzten Zeit war ja immer wieder Besuch da …«

Annie nickte verständnisvoll. »Möchtest Du einen Kaffee?«

»Nein, danke. Ich werde jetzt noch ein wenig die Hunde bewegen und dann Feierabend machen.« Brooke drehte sich nach ihren Tieren um. Von Rosa keine Spur. Suchend sah sie sich um.

»Warte mal.« Annie ging ins Haus und rief nach dem Hund. Brooke folgte ihr. Sie fanden Rosa in Sams Schlafzimmer, den Kopf auf einem hellblauen Pullover gebettet.

»Hund, was tust du da?« Brooke versuchte, der alten Hündin den Kopf hochzuheben und den Pullover hervorzuziehen. »Gib das her!« Langsam wurde sie ungeduldig.

»Sie liebt Sam abgöttisch.« Annie lächelte.

»Sie kennt ihn doch gar nicht,« sagte Brooke mit einem verächtlichen Unterton. Zuerst Kaya, dann ihre Tochter und jetzt auch noch der Hund. Langsam schien es, als würden alle um sie herum den Verstand verlieren. Was fanden die bloß an diesem arroganten Kerl?

»Lass sie einfach hier, irgendwann wird sie schon nach Hause gehen, wenn sie merkt, dass Sam nicht da ist.«

»Gut, aber vergiss nicht, sie rauszuwerfen, wenn Du gehst. Nicht dass sie dann hier drei Wochen eingeschlossen bleibt.« Ohne einen weiteren Blick auf die Verräterin zu werfen, verließ sie mit Hook das Haus. Der hatte aber auch keine richtige Lust allein mit seinem Frauchen weiterzulaufen, sondern sah sich immer wieder nach seiner Hundefreundin um. Verärgert und ohne ein Wort zu ihm zu sagen, drehte Brooke irgendwann einfach um und lief nach Hause. Mit hängendem Kopf trabte Hook hinter ihr her.

Sam bugsierte Savannah aus dem Flughafengebäude direkt in ein Taxi. Als sie die Schalterhalle verließen schlug ihnen gnadenlos die Hitze entgegen. Das Wetter war traumhaft, beinahe dreißig Grad bei strahlend blauem Himmel. Nachdem er dem Fahrer die Adresse gegeben hatte, schaltete er sein Handy ein, welches er während sie im Flieger saßen auf Flugmodus gestellt hatte. Savannah konnte hören wie unzählige Nachrichten, die er verpasst hatte, gemeldet wurden.

»Wow. Dein Typ scheint gefragt zu sein!«

Bevor Sam antworten konnte, klingelte es bereits. Er sah auf das Display und drückte den Anruf weg.

»Stör ich?« Savannah grinste.

»Nein, überhaupt nicht. Das ist geschäftlich und das kann warten.« Er überprüfte sämtliche entgangenen Anrufe und stellte dann das Handy auf lautlos.

Während der Fahrt ins Hotel zeigte er ihr all die interessanten Gegebenheiten auf der Strecke. Aber Savannah hatte bis jetzt nur Augen für das Wetter, den Ozean, der parallel zur Straße verlief und die Palmen, die die ganze Strecke säumten. Ein Bewohner des Vereinigten Königsreiches bekam bei Außentemperaturen ab zweiundzwanzig Grad bereits Schnappatmung. Das was sie hier fühlte, war trotz der hoch eingeschalteten Klimaanlage des Fahrzeuges ein Wohlgefühl der besonderen Art. Sie seufzte.

»Alles in Ordnung?« Sam sah sie prüfend an.

»Auf jeden Fall. Ich kann nur nicht glauben, dass ich tatsächlich hier bin. Es ist wie im Traum. Küss' äh kneif mich mal!«

Sam beugte sich zu ihr herüber und küsste sie sanft auf die Nase. »Willkommen in Disneyland.«

Savannah streckte sich wohlig. Es machte ihr überhaupt nichts aus, dass er sie so einfach geküsst hatte. Im Gegenteil, sie schwebte im siebten Himmel. Sam hatte versprochen, ihr soweit möglich, alles zu zeigen was sie auf ihrer Wunschliste hatte, bis hin zu den Florida Keys. Nach zehn Tagen würden sie zusammen nach Tampa fliegen wo Harry und seine Band ein Konzert gaben. Danach begleiteten Savannah und Harry Sam nach Los Angeles. Dort hatte er mehrere Termine und einen längeren Aufenthalt geplant. Harry und Savannah würden nach vier Tagen zusammen wieder nach Hause fliegen.

Beim Check-Inn im *Marriott Hotel* erledigte Sam die Formalitäten. Savannah stand mit offenem Mund neben ihm und bekam kaum mit, was die Rezeption alles von ihnen wissen wollte. Staunend drehte sie sich um ihre eigene Achse und bewunderte die riesige Eingangshalle. Sie war mindestens sechs Stockwerke hoch und in so kitschigem türkis und pink ausgestattet, dass es schon wieder cool war. Ihr kam es vor als sei sie in eine andere Welt eingetaucht. Überall standen Palmen und rosarote Flamingos in allen Größen. Wasserspiele in verschiedenen Variationen machten einem bewusst, dass man am Wasser gelandet war.

Ihr Zimmer im achten Stock war der Hammer. Ein riesengroßes Doppelbett bestimmte den ganzen Raum. Der Fernseher, den man vom Bett aus bedienen konnte, war überdimensional. Ihr Bad war so groß wie ihr Zimmer in Dundee. In die Badewanne war ein Jacuzzi eingebaut. Savannah jauchzte. Wie auch in der Eingangshalle war türkis die vorherrschende Farbe im ganzen Raum. Jedoch wurde auf das grelle Pink verzichtet und durch ein warmes Beige ersetzt. Über die ganze Länge des Zimmers erstreckte sich ein breiter Balkon von wo aus sie einen Blick aufs Meer hatte. Sams Zimmer war etwas weiter den Gang hinunter.

Die ersten beiden Tage verbrachten Sam und Savannah am Hotelpool. Als sie den Jetlag einigermaßen überwunden hatten, begannen sie mit ihren Ausflügen.

Sie betraten das Turtle Hospital, ein Krankenhaus für Schildkröten. Als Savannah im Hotelführer davon gelesen hatte, wollte sie es unbedingt aufsuchen. In der Beschreibung hatte sie der Satz ‚ein Ort, den es gar nicht geben sollte‘ tief berührt. ‚Wir leben in einer Welt, die es nötig macht, dass so ein Krankenhaus existiert. Ziemlich traurig.‘ Als sie Sam davon erzählte, überraschte er sie damit, dass er sofort begeistert zustimmte.

»Obwohl das eher etwas für deine Mutter wäre.« Savannah war bereits zuvor schon einmal aufgefallen, dass sie Orte besuchten und er Brooke erwähnte hinlänglich ihres möglichen Interesses für die jeweilige Sehenswürdigkeit.

Der Eintritt in die Schildkröten-Station kostete stolze zwölf Dollar, die Sam großzügig auf dreißig für sie beide aufrundete. Mit dem Eintrittsgeld würde man die Organisation unterstützen hieß es auf dem Preisschild. Savannah hatte bisher kaum Geld ausgegeben, da Sam stets für sie beide bezahlte. Zum Einkaufen von Kleidung oder Accessoires war sie noch gar nicht gekommen. Das wollte sie sich aufbewahren für Sams Geschäftstermine.

Aber bisher hatte er stets alles geschäftliche von sich geschoben.

Eine junge Frau stand bis zur Hüfte in einem Außenbecken und winkte den Besuchern zu. Vier riesige Meeresschildkröten schwammen um sie herum.

»Hi,« grüßte sie freundlich.

»Hi,« antwortete Sam. »Was fehlt ihnen?« Er deutete auf die Tiere.

»Dies sind Patienten, die haben so schlimme Probleme, dass sie nur noch im Turtle Hospital bleiben können. Sie würden in der freien Natur nicht überleben. Die Gründe dafür sind schlimme Verletzungen, die sie mit Booten und dem Verhaken in Fischernetzen erlitten haben. Auch Verätzungen oder Missbildungen durch Chemikalien machen ihnen Schwierigkeiten. Sie sind nicht mehr sicher und wendig genug um Nahrung aufzunehmen. Und dann kommt noch das größte Problem dazu: der Plastikmüll. Plastiktüten, Kaffeebecherdeckel und Zigarettenkippen, Meeresschildkröten verschlucken einfach alles. Und nach dem die essentielle Nahrungsquelle Quallen sind, verwechseln sie immer häufiger Plastikbeutel mit ihrem Grundnahrungsmittel. Wir finden immer mehr Tüten in den Mägen der Tiere. Im schlimmsten Fall verenden sie daran.« Sie deutete auf eine im Hintergrund laufende Videoleinwand.

»Also, wenn Ihr mal eine Schildkröte in Not seht, ruft ihr bei unserer Notfallnummer an und wir schicken sogar eigene Krankenwagen raus. Dabei können wir sie unter Umständen vor Ort versorgen oder wir bringen sie hierher.«

Savannah und Sam bedankten sich bei der jungen Frau für den ausführlichen Einblick in diese Einrichtung und gingen nachdenklich auf den vorgeschlagenen Rundgang. An einer Schautafel hingen Fotos von Müll, den man toten Tieren entnommen hatte. Sie schauderten.

»Man hört immer vom Schmutz in den Meeren, aber hier hat man es direkt vor Augen. Das macht mich irgendwie traurig.« Savannah war ganz unglücklich, als sie das Turtle Hospital wieder verließen.

»Das müssen wir ändern. Du bist das erste Mal in den Staaten und nur für drei Wochen. Da sollte man nicht eine einzige Minute traurig sein! Komm, wir gehen jetzt etwas Essen. Das zeigt dir das Meer wieder von seiner schönen Seite!« Sam legte den Arm um sie und so schlenderten sie zum Mietwagen. Zielsicher fuhr er auf den Highway. Nach vierzig Minuten gelangten sie an die berühmte ‚Seven Mile Bridge‘. Wie der Name schon sagte, war sie sieben Meilen lang und führte die Autofahrer über das Wasser. Man konnte auch den parallel dazu verlaufenden Fußweg benutzen, wenn man einen Blick von der Brücke werfen wollte. Haltebuchten für Pkws gab es allerdings keine. Direkt an der Brücke war ein Restaurant, das ‚Sunset Grille‘. Dort hatte man auf der Terrasse sitzend einen wunderschönen Blick auf die Brücke, die in der sanften Abenddämmerung aussah, als würde sie bis zum Horizont reichen.

»Dieser Ausblick würde Brooke bestimmt auch gut gefallen,« sagte Sam mehr zu sich selbst.

»Auf keinen Fall. Mama liebt ihre Forth Bridge. Und niemals würde sie den Blick von North Queensferry auf die andere Seite mit etwas anderem gleichsetzen wollen!«

antwortete Savannah trotzig. Was hatte er nur immer mit ihrer Mutter?

Savannah fiel auf, dass Sam sehr interessiert an ihren Ausflügen teilnahm. Er schien sie zu genießen und viele Sehenswürdigkeiten vorher noch nie besucht zu haben. Als wäre er alleine noch nie auf die Idee gekommen, hier etwas zu unternehmen. Er war auch ihr gegenüber sehr aufmerksam. Wenn sie Alkohol trinken wollte, bestellte er für sie, kam aber selbst nie in Versuchung, ein Bier oder Wein zu ordern, wenn er noch Auto fahren musste. Sie fand, er war ein sympathischer Mann, der gut zuhören aber auch erzählen konnte. Sie genoss seine Gesellschaft sehr, zumal er ihr gegenüber keinerlei Absichten zu hegen schien. Es lag ihr auf der Zunge, ihn nach seinem Privatleben zu fragen. Aber nachdem sie mitbekam, dass er eine bestimmte Handynummer immer wieder wegdrückte, verließ sie der Mut, ihn nach Lori zu fragen.

Während sie im Restaurant bei der Brücke die angenehme Kühle am Wasser genossen, hatten sie noch drei gemeinsame Tage bis sie nach Tampa fliegen würden. Savannah war dort mit Harry verabredet und Sam würde sich zwei Tage später mit seinen Geschäftspartnern treffen.

»Hast Du noch Wünsche was die restlichen Tage angeht? Was möchtest Du noch sehen?« Sam durchbrach die Stille, die sich eingeschlichen hatte, nachdem sie den ganzen Tag viel gelaufen waren. Nach einem großartigen Essen mit einem kalten Glas Wein für Savannah saßen sie zurückgelehnt in den bequemen Korbstühlen und ihr gemeinsamer Blick war in das glitzernde Wasser unter der Brücke versunken.

Savannah antwortete nicht gleich, sondern schien zu überlegen. »Was ist mit Dir? Ich kann mir vorstellen, jetzt noch einmal ein, zwei Tage die Beine am Hotelpool hochzulegen. Oder ein bisschen shoppen ...«

Sam lächelte: »Ich hab' schon gedacht, mit Dir stimmt was nicht. Wir sind noch in keiner Boutique gewesen.«

Savannah zog gleichgültig die Schultern hoch: »Ist nicht ganz so wichtig. Klamotten kaufen kann ich auch zu Hause. Aber das hier«, sie deutete mit einer weit ausholenden Geste auf die untergehende Sonne, »das krieg' ich für kein Geld der Welt.«

Am nächsten Morgen schlief sie erst einmal aus. Sie wollten in die Florida Keys fahren und zumindest einmal einen Tag am Strand verbringen. Die Sonne schien auf den weißen Sand und vor ihnen lag das türkisfarbene Wasser. Sie ließen sich zwei Liegen unter die Palmen stellen und dösten vor sich hin. Savannah war wieder einmal überrascht, wie gut Sam auch im Schweigen war. Es war keine peinliche Stille zwischen ihnen, sondern eine stumme Übereinkunft, einfach einmal abzuschalten. Am späten Nachmittag schlug Sam vor, ein Stück weiter zu fahren und am Mallory Square etwas zu essen. ‚Mit etwas Glück‘, sinnierte er, bekämen sie einen guten Platz und Savannah würde den schönsten *Sundowner* ever erleben.

Das Restaurant war gut gefüllt aber eine junge Kellnerin konnte ihnen tatsächlich einen Platz ganz außen auf der

Terrasse zuteilen. Das Publikum war gemischt und zum Teil in größeren Gruppen unterwegs. Dementsprechend laut war der Geräuschpegel. Savannah und Sam bestellten Fisch und gegrilltes Gemüse und waren gerade bei der Vorspeise, geröstetem Brot mit Olivenbutter, als eine Gruppe von drei Personen gezielt an ihren Tisch trat. Savannah sah auf und konnte zuerst nichts erkennen, da die Sonne sie blendete. Aber nein, es war gar nicht die Sonne. Es war die Erscheinung, die sich vor ihnen aufgebaut hatte. Eine hochgewachsene Dame, vermutlich in den Vierzigern, mit platinblonden Haaren, Strähne für Strähne akkurat geföhnt. Savannahs erster Eindruck war, Marilyn Monroe sei auferstanden. An dieser Frau war einfach alles makellos. Die Haare, das Make-up, die Hände, die Nägel und das Outfit. Wahrscheinlich waren die Füße auch perfekt aber Savannah traute sich nicht, unter den Tisch zu sehen.

»Mein Lieber, was für eine Überraschung!« Mit schneidender Stimme richtete die Frau ihren Blick ausschließlich auf Sam. »Was tust Du hier?«

»Ich zeige Savannah die Keys. Darf ich Dir Savannah vorstellen? Savannah, das ist Thea Rosenbloom, Thea, das ist Savannah.«

Sam war aufgestanden, um die beiden miteinander bekannt zu machen. Savannah erhob sich ebenfalls und reichte der Frau die Hand, die diese geflissentlich übersah.

»Hast Du die Zeit, durch die Keys zu reisen, während wir in L.A. darauf warten, die ganze Angelegenheit unter Dach und Fach zu bringen? Du hast mich wissen lassen, Du seist beschäftigt.« Sie warf zum ersten Mal einen Blick in Savannahs Richtung, als hätte sie Sams Begleitung in diesem Moment das erste Mal gesehen. Einen sehr abschätzigen Blick wohlgemerkt. Savannah konnte die Abneigung buchstäblich mit Händen greifen. Deshalb setzte sie sich wieder und griff nach ihrem Glas. Sam ließ sich auch wieder nieder und lehnte sich zurück. Dabei verschränkte er lässig die Hände vor der Brust: »Ich habe Dir gesagt, wann ich in Los Angeles eintreffe. Du hast das Hotelzimmer selbst buchen lassen. Und bis dahin bin ich noch im Urlaub! Auch darüber habe ich Dich informiert.« Um seine Aussage zu unterstreichen, nahm er das Glas vom Tisch und prostete ihr zu. »Und es ist ein echt schöner Urlaub!«

Thea versuchte zwanghaft Haltung zu bewahren aber man konnte an ihrer Körperspannung erkennen, dass sie einen inneren Kampf austrug. Sie beugte sich über den Tisch und stieß Sam den Zeigefinger in die Brust. Die Lippen zusammengepresst fauchte sie: »Am Montag um acht Uhr in meinem Büro. Wage es nicht unpünktlich zu sein!« Damit drehte sie sich ohne ein weiteres Wort um und rauschte davon. Die beiden Herren, die sie mit verschränkten Armen eskortiert hatten, kamen ihr kaum hinterher. Was nutzte einem wohl ein Sicherheitsdienst, wenn er nicht auf der Hut war?

»Ich nehme an, Dein Termin in L.A.?« wagte Savannah vorsichtig zu fragen.

»Exakt! Der und kein anderer.« Sam ließ sich zu keiner weiteren Gefühlsregung verleiten. Zu gerne wüsste er, wie Thea ihn aufgespürt hatte. Savannah spürte, dass der Zauber des Tages dahin war. Ihre Fragen hingen buchstäblich in der Luft und gleichzeitig konnte man Sams Abneigung, die Fragen zu beantworten, von seinem Gesicht ablesen. Ebenso wortkarg verabschiedete er sich in der Hotellobby von ihr als sie an einer Auslage mit Modeschmuck stehenblieb. ‚Er müsse telefonieren‘, nuschelte er und verschwand im Aufzug.

Am nächsten Morgen ließ sie sich von der Sonne wecken, die durch die leichten Vorhänge ins Zimmer schien. Das erste Mal seit sie zusammen mit Sam in den Staaten war, hatten sie sich nicht zum Frühstück verabredet. Ein komisches Gefühl. Es war ihr bisher nicht bewusst gewesen, wie sehr sie seine Gesellschaft genoss. Also beschloss sie, noch eine Weile liegen zu bleiben und erst später nach unten zu gehen.

Der Frühstücksraum hatte sich schon ein wenig geleert, als sie Sam auf der Terrasse ganz außen allein an einem Tisch erspähte. Savannah nahm sich etwas Ei und Toast vom Buffet und ging zögerlich in Richtung Terrasse. Plötzlich war alles anders zwischen ihnen und es gefiel ihr nicht. Im Gegenteil, es machte sie traurig.

Als hätte er sie kommen gehört, was auf dem weichen Teppichboden wirklich nicht möglich war, drehte Sam sich um und lächelte. »Setz Dich doch.« Er stand auf und zog ihr den Stuhl vom Tisch. Sie merkte, dass er um Freundlichkeit bemüht war aber das Lächeln erreichte seine Augen nicht. »Ich muss heute ein paar Telefonate erledigen, danach können wir etwas unternehmen. Wozu hast Du Lust?«

Savannah überlegte kurz und antwortet dann: »Ich würde gerne bei Gelegenheit mal über meine Geschäftsidee mit dem Laden mit Dir sprechen. Aber erst wenn Du Zeit und Lust dazu hast. Erledige Du, was zu tun ist, ich gehe heute so lange an den Pool.«

»Das mache ich sehr gerne. Gute Idee. Geh' Du schwimmen. Ich finde dich.« Damit stand er auf, tätschelte ihre Schulter und verließ eilig das Frühstücksrestaurant.

Brooke arbeitet im Akkord. Sie hatte einen Auftrag über einhundertzwanzig Sitzpolster, die neu gefedert und bezogen werden mussten. Ein Hotel im Regierungsviertel hatte ihr den Auftrag erteilt, weil sie vor Jahren dort bereits die Vorhänge neu entworfen und genäht hatte. Sie war damals günstig an diesen im Schottenkaro gehaltenen blauen Tartan-Stoff gekommen und hatte sich für etwaige weitere Projekte großzügig bevorratet. Dies kam ihr nun zugute, als das Hotel um eine Möglichkeit, die Stühle im Speisesaal anzugleichen, angefragt hatte. Schnellstmöglich versteht sich, da die Königin von England im August, bevor sie in ihre Sommerresidenz *Balmoral Castle* weiterreiste, ein paar Tage in ihrem *Royal Palace of Holyroodhouse* Station machte. Dieses Anwesen lag genau gegenüber und bedeutete für das Hotel oft den besten Umsatz im Jahr, weil viele Touristen einen Blick auf die Queen zu erhaschen versuchten. Daher war es selbstredend, dass das Hotel während dieser Zeit keine Unannehmlichkeiten durch Umbauarbeiten im Haus haben wollte.

Der Abgabetermin war eng gehalten aber Brooke war gut im Plan. Nachdem sich ihre Tochter seit Tagen nur noch spärlich von ihrer Reise mit Sam gemeldet hatte, war Brooke etwas beunruhigt. In den ersten beiden Wochen hatte Savannah ganze Bildergalerien von ihrem Smartphone geschickt. Dann wurde es immer weniger. Womöglich waren die beiden mehr mit sich selbst als mit ihrer Umgebung beschäftigt. Brooke versuchte, diesen Gedanken abzuschütteln. Um ihre Nervosität zu ignorieren, arbeitete sie wie besessen. Sie begann früh am

Morgen und saß oft bis spät in die Nacht in ihrem Atelier. Wenn sie ihr Rücken zu sehr schmerzte, lief sie mit den Hunden eine Runde. Manches Mal traf sie dabei auf Annie, die unermüdlich in Sams Garten zu arbeiten schien. Immer schnitt oder zupfte sie an einem Strauch. Sie wechselte ein paar Worte mit ihr, unterließ es aber, sie nach Sams Rückkehr zu fragen. Es war ihr auch egal, wann er wieder da sein würde, Hauptsache Savannah käme planmäßig wieder. Es war ihr doch egal, oder nicht?

Savannah trudelte in einem Schwimmreifen liegend, Arme und Beine hingen im Wasser, in der Strömung des Hotelpools. Sie döste vor sich hin während der Strudel sie im Kreis der vorgegebenen Wasserbahn immer weiter trieb. Die Bahn führte in Schleifen rund um den ganzen Hotelgarten. Zwischendurch nippte sie an ihrem Getränk, das sie in der Halterung des inselartigen Schwimmreifens stecken hatte. Die Stimmung zwischen ihr und Sam hatte sich verändert. Dies war deutlich zu spüren. Sie versuchte ihre Gedanken zu sortieren und sich zu fragen, inwieweit sie es berührte, dass er sich von ihr zurückgezogen hatte. Passiert war es augenscheinlich gestern nach dem Auftritt der Power-Lady. Seitdem fehlte ihr sein Lachen, seine Heiterkeit und seine Aufmerksamkeit.

Als sie eine der Poolbars erblickte, schwenkte sie in einen strudelberuhigten Seitenarm und stellte ihr leeres Kunststoffglas auf die Theke ab. Der junge Kellner zwinkerte ihr fröhlich zu und als es ihr nicht gleich gelang, wieder in die Strömung hinaus zu gelangen, schob er sie mit einem Ruderblatt zurück in die Umlaufbahn. Dort wurde sie jäh von hinten angestoßen und flog in hohem Bogen aus dem Reifen ins Wasser. Hustend und prustend tauchte sie wieder auf und wollte gerade wie ein Rohrspatz losschimpfen als sie ein paar feste Arme umschlossen.

»Da ist mir aber mal ein dicker Fisch ins Netz gegangen!« Fröhlich grinsend schwenkte Sam sie hin und her. Savannah zwickte ihn fest in die Seite: »Nimm das *dick* sofort zurück!« forderte sie empört. Aber ihre Augen blitzten. Er war wieder da.

Brooke räumte eben die letzten Stoffreste ihrer Arbeit zusammen, als ein Pick-up der besonderen Sorte samt Anhänger in den Hof fuhr. Der hochmotorisierte, mit viel Schnickschnack verchromte Wagen glänzte und blitzte im hellen Sonnenlicht. Geblendet hielt sie sich die Hände vor die Augen. Während sie auf der Ladefläche des Anhängers einen Schrank sah, der ihr irgendwie bekannt vorkam, sprang auch schon Mr. Murray aus dem Wagen. Wie klein und schmächtig er neben dieser Karosse wirkte. Während sie etwas verwirrt auf ihn zuging, stürmte er ihr regelrecht entgegen und übersah ihre ausgestreckte Hand. Er warf sich ihr an den Hals und drückte sie fest. Deutlich zu fest. Brooke ächzte unter dem Klammergriff und versuchte, von ihm freizukommen. Plötzlich hörte sie hinter sich ein tiefes Knurren. Hook war ihr zu Hilfe geeilt. Erschrocken ließ Murray von ihr ab und wich entsetzt zurück. »Gott, was ist das? Ist der gefährlich?« Seine Stimme zitterte buchstäblich vor Angst. Brooke wandte sich um und tatsächlich,

ihr sonst so friedlicher Hund war in höchster Alarm-
bereitschaft. Alle Nackenhaare standen senkrecht und
er zeigte mit halb geöffnetem Maul zwei wunderschöne
aber durchaus scharfe Zahnreihen.

»Mr. Murray. Was kann ich für Sie tun?« Brooke hatte
sich wieder gefangen und tätschelte ihrem Hund den
Kopf.

»Meine Liebe. Ich kann die Hoffnung einfach nicht
aufgeben, dass aus dem Schränkchen vielleicht doch
noch etwas werden könnte. Was meinen Sie?« Prüfend
sah er sie aus etwas Distanz an, nicht ohne den sichtlich angespannten Hund aus den Augen zu lassen. Ge-
nervt schlurfte Brooke zum Anhänger und nahm den
Schrank scheinbar angestrengt begutachtend erneut
in Augenschein. Der Schrank war solide und in seiner Schlichtheit schön. Wäre er für ihre persönlichen
Zwecke, würde sie ihn lediglich etwas abschleifen und
vielleicht mit einer verwaschenen Kreidefarbe bearbeiten. Freistehend in einem entsprechenden Hausflur
oder Gästezimmer würde er einen hübschen Wäsche-
schrank abgeben. Aber Mr. Murray hatte diesbezüglich andere Vorstellungen und Brooke empfand es als
eine persönliche Beleidigung, dass er ihre bisherige Beurteilung so mir nichts dir nichts ignorierte und jetzt
sogar das betreffende Objekt ohne Voranmeldung vor
die Tür brachte. Als würde er von ihr verlangen, aus
einer einfachen Geige eine Stradivari zu zaubern. Langsam wurde sie richtig sauer. »Ich dachte, wir hätten
das bereits besprochen. Ich bin für Ihre Vorstellungen
diesbezüglich leider der falsche Ansprechpartner. Und
davon abgesehen, wird es schwer werden, den Schrank

abzuladen und im Augenblick habe ich gar keine Kapazitäten. Ich arbeite an einem Großauftrag.« Sie verschwieg ihm wohlweislich, dass sie hinter der Scheune einen kleinen mobilen Kran stehen hatte. Sie wollte Murray einfach so schnell wie möglich vom Hof haben. Sonst musste sie am Ende doch noch Hook auf ihn loslassen. Zum ersten Mal wurde ihr bewusst, dass sie hier draußen ganz allein waren. Es mochte seine Vorteile haben, keine störenden Nachbarn zu haben aber in diesem speziellen Augenblick wünschte sie sich nichts sehnlicher, als dass Sam genau jetzt dröhnend hier am Hof vorbeifahren würde.

»Ist niemand hier, der uns beim Abladen helfen könnte?« suchend sah Mr. Murray sich um. Täuschte sich Brooke oder wurde sein Blick auf einmal unangenehm lüstern?

In diesem Augenblick brummte ihr Handy als Zeichen, dass sie eine Nachricht erhalten habe. Um Murray in die Irre zu führen, nahm sie das Handy ans Ohr: »Hallo George. Witzig, dass Du gerade jetzt anrufst. Wir haben eben noch von dir gesprochen. Dein guter Bekannter, Mr. Murray, und ich. …. Ja, er ist gerade hier. Es geht wieder um seinen Schrank. Ah, der Termin…. Ja, gib' mir zehn Minuten, dann komme ich nach.« Sie verabschiedete sich vom angeblichen George und hob bedauernd die Schultern an: »Tja. Mr. Murray, wie gesagt, es tut mir sehr leid, dass Sie unnötig hier herausgekommen sind, aber ich muss los. Einen George McMullan lässt man nicht warten.« Ohne einen weiteren Gruß zum Abschied drehte sie sich eilig um und lief auf das Haus zu. Im Fenster ihrer Scheune konnte sie sehen, wie sich ihr unliebsamer Kunde sprachlos von seinem Anhänger abstieß um kurz darauf wütend die Fahrzeug-türe aufzureißen. Erst als er den Motor startete, atmete Brooke wieder aus und öffnete die Tür zu ihrer Werk-statt. Nachdem sie die Tür hinter sich geschlossen hatte, wagte sie es sich umzudrehen. Mr. Murray wendete mit viel Vorwärts- und Rückwärtsrangieren sein Vehikel und brauste aus der Hofeinfahrt.

Mit zitternden Beinen setzte sie sich auf einen Hocker und öffnete das Handy. Savannah hatte eine kurze Nach-richt geschickt. »Florida ist wunderschön. Anbei ein paar Bilder. Jetzt freue ich mich auf L.A., Kuss Vanni!« Die Texte waren auch schon mal länger, musste Brooke fest-stellen. Neugierig öffnete sie die Bilder. Savannah und Sam waren auf einer Schildkrötenfarm und hatten ein Selfie mit einer Schildkröte, die hinter ihnen auf einer Sandbank lag, gemacht. Danach standen sie eng beiein-ander auf einer Brücke, die ins endlose zu führen schien. Dann ein gemeinsames Selfie vor einem traumhaft schö-nen Sonnenuntergang und zu guter Letzt schmiegten sie sich bei einem Essen mit Kerzenlicht aneinander. Sam hatte den Arm um Savannah gelegt und sie wohl sehr nah an sich herangezogen. Brooke gefiel nicht was sie sah. Das kam ihr alles zu eng und vertraut vor. »Mit Harry ja kann ich ganz gut leben. Aber der da muss es jetzt echt nicht sein.« Wütend machte sie die Bilder wieder zu und knallte das Handy auf die Anrichte in der Küche. Sie konnte ihrer Tochter nicht sofort antworten. So aufgewühlt wie sie im Moment gerade war, würde sie in der Wortwahl über das Ziel hinausschießen. Mit Sicherheit!

Die letzten beiden Tage in den Keys waren wie im Flug vergangen. Sam war wieder der alte und der Spaß war zurückgekehrt. Am Montagnachmittag machten sie sich rechtzeitig auf den Weg nach Miami um den Flug nach Tampa zu erreichen. Savannah wäre gerne noch ein wenig mit Sam umhergereist, freute sich aber nun auch auf Harry. Sie gönnte ihm von Herzen diesen Erfolg mit seiner Band und freute sich darauf, bei seinem Konzert dabei zu sein. Sie war nach wie vor schwer davon beeindruckt, wieviel Popularität die Band mittlerweile so weit weg von zu Hause erreicht hatte.

Sam bot ihr an, sie auf der dreistündigen Fahrt zum Flughafen fahren zu lassen, aber sie winkte dankend ab. Gerne ließ sie sich von ihm kutschieren, indem sie sich in ihrem bequemen Sitz zurücklehnte und sich entspannt dem gleichmäßigen Fahren auf dem sechsspurigen Highway hingab. Während des knapp einstündigen Fluges nach Los Angeles ließ sie die vergangenen zwei Wochen Revue passieren. Ein großer Traum hatte sich für sie erfüllt. Sie war in das Land ihrer Träume gereist und hatte es nicht bereut. Niemals würde sie diese Tage vergessen. Sowohl die fürsorgliche Begleitung von Sam, die ihr wie ein Vater-Tochter Ausflug vorkam, als auch die aufregenden Tage, die ihr noch mit Harry und der Band blieben. Ganz allein auf sich gestellt. Im Gegenteil, sie würde mit Sicherheit irgendwann noch einmal hierher zurückkehren. Nun aber würde sie Harry treffen und sie wollten nach dem Konzert noch drei Tage zusammen in Los Angeles verbringen. Sie konnte sich nach Sam keinen Begleiter vorstellen, mit dem sie die letzten Tage lieber verbracht hätte. So hatte sie sich immer einen Vater vorgestellt, der alles dafür tat, seinem kleinen Mädchen jeden Wunsch zu erfüllen. Plötzlich gab es zwei Männer, die ihr Herz auf unterschiedliche Weise zum Flattern brachten. Sie war rundum glücklich.

Brooke lud die letzten Stühle auf eine Palette und umwickelte sie mit Klarsichtfolie. Zwei Paletten hatte sie schon fertig und übermorgen sollten sie abgeholt werden. Sie war termingerecht mit diesem Auftrag fertig geworden und darauf war sie sehr stolz. Wie immer, wenn sie etwas abschließen konnte, überkam sie tiefe Zufriedenheit verbunden mit der Neugierde auf etwas Neues. Ihr Atelier war aufgeräumt und blitzte in allen Ecken. In einigen Tagen käme Savannah zurück und alles würde wieder seinen gewohnten Gang nehmen. Wieder eine schwierige Phase in ihrem Leben, die sie überstanden hatte. Gut gelaunt beschloss sie, sich einen freien Tag zu gönnen und nach *Inverness* zu fahren.

Wann immer sie in *Inverness*, der kleinen Stadt am *Lake Loch Ness*, zu tun hatte, plante sie genügend Zeit ein um in ‚*Leakeys Bookshop*' vorbeizuschauen. Dieses alte heimelige Fachwerkhaus, das sich über drei Stockwerke erstreckte und in unzähligen Regalen Bücher aus aller Herren Länder und in mehreren Sprachen anbot, hatte seinen ganz eigenen Charme. Auf allen Ebenen und in zahlreichen Ecken und Nischen standen alte abgewetzte Ledermöbel, in die man tief versinken konnte um in den Büchern zu schmökern. Am liebsten saß Brooke im Erdgeschoss neben dem bullernden Kaminofen um den das

Holz rundherum gestapelt war und jeder, der bemerkte, dass das Feuer auszugehen drohte, einfach ein Scheit nachlegen durfte. Über eine hölzerne Wendeltreppe gelangte man in die anderen Stockwerke. Im Erdgeschoß befand sich zudem eine Teestube. Im ersten Stock bekam man neben diversen Kaffeesorten und Tee traumhafte kleine selbstgemachte Kuchen und Torten. Unter dem Dach befand sich eine Bar, wo kleine Snacks und Erfrischungsgetränke angeboten wurden.

Heute saß Brooke gedankenverloren tief in einem Sessel und blickte ins Leere. Ihr Tee auf dem kleinen Beistelltisch wurde kalt.

Das Konzert war unglaublich. Hier spürte die Band hautnah das erste Mal ihren Bekanntheitsgrad in einer neuen Dimension. Beinahe zwölftausend Jugendliche zwischen vierzehn und zwanzig Jahren, überwiegend weiblich, waren in der Freiluft-Arena und tanzten beziehungsweise sangen bei jedem einzelnen Lied mit. Viele der Fans waren mit Glitzer-Tattoos im Gesicht und in den Haaren geschminkt und schwenkten Leuchtstäbe, Handy-Taschenlampen und bunte Jedi-Schwerter. Die Band trat in einem Meer unterschiedlicher Lichtquellen in allen möglichen Farben auf. Die eigentliche Beleuchtung der Bühnenshow ging beinahe unter. Man konnte buchstäblich spüren, wie der Funke von Publikum auf Band übersprang. Sam und Savannah standen etwas seitlich am Bühnenrand und waren ebenfalls gefangen von der Atmosphäre in dem riesigen Stadion. Harry beugte sich bei Soloeinlagen immer wieder zu ihnen herunter und warf Kusshände in Savannahs Richtung. Nicht unbedingt zur Begeisterung der in der Nähe stehenden Mädchen, die darauf argwöhnisch in ihre Richtung blickten.

Nach der Vorstellung trafen sie sich mit Harry hinter der Bühne und gingen zusammen essen. Sam und Savannah hatten zwar im gleichen Hotel wie die Band eingecheckt, waren aber durch eine zweistündige Flugverspätung erst knapp vor Konzertbeginn eingetroffen. Die anderen Bandmitglieder wollten schnellstmöglich zurück ins Hotel, da ihr Flug am nächsten Morgen schon früh zurück nach Großbritannien ging. Sie waren es noch nicht gewohnt, wochenlang von zu Hause fort und allein auf sich gestellt zu sein. Auch wenn sich ein komplettes Team um ihre Anliegen bemühte, waren sie noch nicht die großen Rockstars, die mit Stühlen um sich warfen und die Minibar leer tranken. Beinahe schüchtern bestellten sie sich das Essen aufs Zimmer und ignorierten den Alkohol.

Allzu lange blieben sie auch nicht in dem noblen italienischen Restaurant, in dem es sich Sam aufs Neue nicht nehmen ließ, für alle zu bezahlen. Obwohl er heute eher die Außenseiterrolle hatte. Savannah und Harry hatten sich sehr darauf gefreut, nach einer ganzen Weile wieder zusammen zu sein. Es war bisher kaum vorgekommen, dass sie einmal länger als zwei, drei Tage getrennt waren, seit sie sich kannten.

Sam störte sich nicht daran, im Gegenteil, er hörte aufmerksam den Erzählungen von Harry zu, der zuvor auch noch nicht in den USA gewesen war und einige aufregende Begegnungen bei seinem Auftritt in der Spieler- und Zockerstadt Las Vegas hatte. Dabei ließ er auch durchblicken, dass ihn das viele Reisen, gecancelte oder lange Flüge, das Warten auf den Auftritt und das mit der Popularität verbundene Abschirmen doch sehr anstrengte. Plötzlich waren sie nicht mehr die Jungs, die aus Spaß im Keller musizierten. Auf einmal steckte knochenharte Arbeit dahinter. Harry fühlte sich trotz aller Euphorie müde und ein wenig ausgelaugt.

Nachdem Sam am nächsten Tag bereits früh zu seinem Geschäftstermin aufbrechen musste, beschlossen sie gemeinsam, den Abend nicht all zu spät zu beenden. Sam gab vor, noch einige Telefonate führen zu müssen und sich auf sein Date vorbereiten zu wollen. Harry und Savannah nahmen es ihm nicht übel. Im Gegenteil, sie freuten sich auf ein bisschen Zeit zu zweit.

Tessa und Brooke trafen sich auf einen Kaffee in der *Princess Street*. Zuerst wollten sie sich im Book-Store verabreden aber nachdem Brooke Tage zuvor bereits einige Bücher erworben hatte, beschlossen sie, sich im kleinen Donut-Laden zu treffen. Das kam Tessa sehr entgegen, weil der Heißhunger auf Süßes ihr regelrecht den Verstand raubte. Der Donut-Shop lag in einer Ladenzeile mit vielen kleinen Läden. Neugierig betrachteten die beiden Frauen die Auslage. In einer der Boutiquen hingen Strickpullover und T-Shirts in interessanten Mustern und Farben und was die beiden besonders beeindruckte war der Hinweis, es gäbe alle Modelle von Salat- bis Wohlfühlgröße. Das hatten sie noch nie gehört, waren aber begeistert. Im nächsten Lädchen konnte man handgefertigten Silberschmuck kaufen. Die ausgestellten Modelle waren hübsch und ebenso wie in der Boutique nebenan preislich erschwinglich. Auch hier fiel es den beiden Frauen schwer, sich vom Schaufenster loszueisen. Danach kam ein leerstehendes Ladengeschäft mit abgeklebten Fenstern und anschließend der Donut-Laden.

»Ist mir in dieser Gegend noch gar nicht aufgefallen, dass es hier so kleine Schätze gibt. Dir?« fragend sah Brooke ihre Freundin an.

»Doch, den Donut-Laden kenne ich, aber vermutlich bin ich von hier aus nie weitergekommen.« Sie lachte und zog Brooke schließlich genau durch diese Tür.

Sam betrat das Vorzimmer von Thea Rosenbloom. Ihre Sekretärin sprang auf und begrüßte ihn herzlich. »Schön, dass Du da bist. Geht es Dir gut? Kaffee schwarz, mein Lieber?«

»Nein danke, Lucy. Du kannst mich gleich anmelden.« Sam mochte die Frau mittleren Alters sehr gerne. Diese ging zurück an ihren Schreibtisch und betätigte die Sprechanlage: »Sam ist jetzt da.«

»Soll warten!« bellte Thea aus dem kleinen Apparat. Ihr Tonfall ließ Lucy erschrocken zusammenzucken. Abwehrend hob sie die Hände und blickte mit großen Augen auf die Gegensprechanlage. »Okay, okay. Alarmstufe rot.« Entschuldigend sah sie Sam an. Der seufzte und winkte ab.

»Kein Problem – ich warte.« Damit setzte er sich in den weichen Besuchersessel und öffnete sein Smartphone.

Savannah und Harry verbrachten den ganzen Vormittag in ihrem riesigen Kingsize-Bett. Sie bestellten sich das Frühstück aufs Zimmer und ließen die ganze Zeit nebenher den Fernseher laufen. Harry war erschöpft von den Konzerten und den verschiedenen Stationen ihrer Mini-Tournee. Auch Savannah war nicht so sehr auf Besichtigung und Shopping aus, nachdem sie in den ersten Tagen ihres Aufenthaltes verschiedene Läden aufgesucht hatte und feststellen musste, dass sie nichts in ihrer Preisklasse finden konnte. Sie hielt Ausschau nach einem Mitbringsel für ihre Mutter, war aber von den horrenden Summen, die für T-Shirts, Pullover oder gar Handtaschen verlangt wurden, entsetzt.

Irgendwann warf Harry ein Kissen nach Savannah. »Jetzt reicht's, komm. Wir stehen auf. Das Rumliegen macht mich nicht wirklich wach. Wenigstens auf den *Mount Lee* sollten wir.«

»Ok, aber dann lass uns am *Santa Monica Pier* Fisch essen. Wenn ich mich jetzt schon umziehe, dann soll es sich wenigstens lohnen.«

»Und dann noch auf nach Hollywood. Wir müssen doch auch noch über den *Walk of Fame* gehen. Da werde ich mir gleich einen schönen Platz für meinen Stern aussuchen.« Harry lachte und fing das Kissen auf, dass Savannah ihm zurückwarf. »Träum weiter!«

Sam saß bereits seit über einer Stunde in dem weichen Sessel als Lucy ihn fragte, ob sie ihn nochmals bei Thea anmelden solle. Es war ihr offensichtlich sehr unangenehm, dass er so lange warten musste. Sie fragte ihn mehrfach, ob sie ihm nicht etwas bringen könne. Aber Sam verneinte. Er hatte bereits sämtliche Emails und andere Nachrichten bearbeitet und überflog jetzt einfach nur nochmals das Schriftstück, welches er mit Thea besprechen wollte. Nach einer weiteren halben Stunde war er auch damit fertig und sah auf. Lucy starrte angestrengt in ihren Computer. Als sie bemerkte, dass Sam sie beobachtete, legte sie abermals den Finger auf die Sprechanlage.

»Nicht!« sagte Sam, »lass gut sein.« Er sah auf seine Uhr und stand auf.

Er legte ihr den Schriftsatz, den er gerade noch einmal durchgesehen hatte, auf den Schreibtisch und sagte: »Sag ihr, ich habe alles von meiner Seite Notwendige in die Wege geleitet. Das weitere können wir auch telefonisch besprechen. Ich habe jetzt noch einen Termin.« Damit steckte er seinen Stift in die Jackentasche und ging zu Tür.

»Ach. Einen Termin! Mit der Kleinen aus den Keys?« Thea stand im Türrahmen, ihre Stimme war messerscharf. Weder Sam noch Lucy hatten gehört, dass sich die Türe geöffnet hatte.

Sam drehte sich nur halb zu ihr um als er antwortete: »Die Kleine ist die Tochter einer guten Freundin und hat sich hier in L.A. mit ihrem Freund getroffen. Und nein, ich habe jetzt keinen Termin mit ihr. Ich habe einen Termin mit Ali. Dem Ali aus dem Barber-Shop.« Damit tippte er sich mit dem Handy an die Stirn und verließ ihr Büro in Richtung Aufzüge. Er konnte hören, wie Thea nach Luft schnappte. ‚Hat jemand die Nummer von Schneewittchen? Ich bräuchte bei Gelegenheit ein paar giftige Äpfel,‘ brummte er.

Einige Zeit später traf sich Sam mit dem verliebten Pärchen am Santa Monica Beach in einer Bar. Er war etwas zu früh da und sah ein wenig neidisch dem unbeschwerten Treiben am Strand zu. Er beobachtete den Klassiker, blonde Surfer-Boys, die von Strandschönheiten angehimmelt wurden. Er seufzte. Und er sehnte sich zurück nach Hause, nach Schottland, wo er seine Ruhe hatte, keine Meetings, keine Verpflichtungen und auch keine Thea. Apropos Thea, fünfzehn Anrufe hatte sie auf seinem Handy hinterlassen, die letzten drei davon mit wüsten Beschimpfungen. Er wusste, sie jetzt zurückzurufen wäre ein Fehler. Erst müsse sie sich beruhigen, dann konnte man wieder vernünftig mit ihr verhandeln. Überrascht nahm er zur Kenntnis, dass er das erste Mal seit langer Zeit an ein Zuhause gedacht hatte. Ja, tatsächlich, ich habe wieder einen Lebensmittelpunkt, dachte er zufrieden und bestellte sich zur Feier dieser Erkenntnis einen Whiskey.

Mitten in der Nacht ging ihr Handy. Es war drei Uhr. Schweißgebadet schoss Brooke im Bett in die Höhe. Ihr Herz schlug bis zum Hals. Savannah. Gott, hoffentlich war ihr nichts passiert? In diesem Fall würde sie heute Nacht noch von einem Felsen springen. Es war aber kein Anruf, sondern eine Nachricht von George: Tessas Baby war vor einer Stunde auf die Welt gekommen. Er hatte ihr ein Bild von einem winzigen verrunzelten Säugling mit einer kleinen Schottenmütze in den Tartanfarben seiner Familie auf dem Kopf geschickt. Eingefasst in viele kleine Herzen hatte er dazu geschrieben: ,wir haben jetzt auch eine kleine Brooke!'

,Oh Gott, wie süß', Brooke konnte kaum einen Kommentar zurückschreiben. Tränen verschleierten ihre Augen. ,Die arme Kleine, muss sie so heißen wie ich? Sie kann doch nichts dafür. Gott, was ist sie hübsch!' Viele lachende Smilies und Küsse fügte sie dem Text an die glücklichen Eltern bei. Als sie auf die Uhr sah, sagte ihr die Anzeige, dass es in Los Angeles irgendwann spät am Nachmittag sein musste und sie leitete das Bild weiter.

Savannah erhielt die Nachricht von der Geburt in Hause McMullan beinahe gleichzeitig wie Sam. Sie saßen zu dritt in einem Coffee-Shop am Flughafen um sich zu verabschieden. Harry und sie würden in die Siebzehn-Uhr Maschine nach London einsteigen und Sam musste in den nächsten Tagen noch einige Termine wahrnehmen. Ganz versonnen sahen sie sich gemeinsam das kleine Bündel an. Harry fand als erster wieder Worte indem er sagte: »Irgendwie ist es ein Wunder. Du weißt nie, was du kriegst. Aber wenn es da ist, muss es das Größte sein.« Savannah sah ihn liebevoll von der Seite an. »Ja, das glaube ich auch.«

»Wie glücklich sie sein müssen, alles gut überstanden zu haben.« Auch Sam wirkte sichtlich ergriffen.

Brookes Welt war wieder in Ordnung. Ihre Tochter war zurück aus Feindesland und sie selbst hatte einen neuen größeren Auftrag an Land gezogen. Zwar hatte sie sich dabei ertappt, dass sie bei Savannahs ausschweifenden Erzählungen nebenher die Buchhaltung erledigte, weil sie vor lauter Begeisterung alles zweimal und dreimal erzählt bekam. Aber das machte ihr nichts. Was sie eher störte waren Bemerkungen über Sam hier und Sam da. Diesbezüglich würde sie die beiden mit Sicherheit im Auge behalten und bei Gelegenheit mal ein Wörtchen mit ihrem Nachbarn sprechen müssen. Aber der schien bis auf weiteres auf unbestimmte Zeit im Ausland zu bleiben. Gut so!

In der Zwischenzeit würde sie sich mit ihrem Auftrag beschäftigen. Das Büro der Hotelkette, deren Eingangsbereich und Rezeption sie in mehreren Häusern umgestalten würde, lag in der Innenstadt in der Nähe der *Princess Street*. Nachdem sie die Unterlagen unterzeichnet hatte und sämtliche Fragen schnell und unbürokratisch geklärt werden konnten, schlenderte sie noch ein wenig ziellos durch die Straßen. Ob es gewollt oder Zufall war, konnte sie später nicht mehr sagen. Auf jeden Fall landete sie letztendlich in der Gasse, in der sie mit Tessa den Donut-Shop besucht hatte. Heute wurde hinter den abgeklebten Fenstern des kleinen, noch unbesetzten Lädchens gearbeitet. Die Eingangstüre war offen und sie hörte Stimmen. Stimmen, die ihr bekannt vorkamen. Sie trat näher und spähte hinein. Harry und einer seiner Musikerkumpels strichen in Arbeitskleidung und mit Schildmützen, die sie verkehrt herum aufgesetzt hatten, die Wände. Als er Brooke entdeckte, lachte er und rief: »Andy, jetzt kommt professionelle Hilfe!« Besagter Andy drehte sich zu ihr um und streckte ihr seine Hand entgegen, die voller Farbe war. Sie lehnte dankend ab und sah sich verwirrt um: »Was macht Ihr hier?« In diesem Augenblick trat ihre Tochter durch einen Bogen, der die hinteren Räume abtrennte. Sie hatten sich seit der Rückkehr aus Amerika nicht sehr oft getroffen gehabt, weil sie beide irgendwie stets zu beschäftigt waren. Auch Savannah war überall mit Farbe bekleckert während sie in T-Shirt und Latzhose vor ihr stand. Sie breitete die Arme aus und drehte sich einmal um die eigene Achse. »Mein Laden,« strahlte sie.

»Wow. Du meinst es ernst.« Brooke klang nicht wirklich begeistert. Aber sie musste ehrlicherweise zugeben, der Schnitt der Räumlichkeit gefiel ihr. Der vordere Teil war in einem schwachen, verwässerten Blau gestrichen und wurde vom hinteren Raum durch einen großen Bogen abgetrennt. Edle Stuck-Ornamente verzierten die Ecken. Wie es auf den ersten Blick aussah, waren sie in blassem Gold übermalt worden, was dem Ganzen einen Touch Michelangelo gab. Hätte man Brooke um Rat gefragt, hätte sie vermutlich das gleiche Konzept vorgeschlagen.

»Na, was sagst Du?« mit erwartungsvollen Augen standen alle drei vor Brooke.

»Also, ehrlich gesagt,« Brooke zog es etwas in die Länge, »es hat was.« Der Shop hatte über die ganze Ladenfront Glasscheiben, die in einen goldenen Holzrahmen eingefasst waren. Vermutlich auch neu gestrichen. Ja doch, es gefiel ihr. »Aber glaubst Du wirklich, der Standort ist der richtige?« Sie sah sich um.

»Bestimmt. Und George will sich sogar darum kümmern, dass wir die Wohnung oben drüber kriegen können. Die steht nämlich leer. Das wäre doch perfekt?«

»Ach George ist auch schon involviert?« Ein wenig verschnupft war Brooke jetzt schon.

»Ja klar, er ist mein Finanzberater.« Savannah lachte.

»Na, so lange er nicht Dein Geldgeber ist.«

»Nein. Das ist der hier.« Savannah legte den Arm und Harrys Hals und zog ihn an sich. Farbe hin oder her.

Gespielt theatralisch verdrehte Brooke die Augen. »Lieber Gott, hoffentlich siehst Du dein Geld wieder, mein Junge.«

Harry lacht: »Dann muss ich eben noch mehr an meinem Tanzstil arbeiten,« sagte er im Hinblick auf die ihm sehr wohl bekannten Äußerungen von Brooke hinsichtlich seiner künstlerischen Darbietungen mit der Band. Nach wie vor grübelte sie öffentlich darüber, warum auf seinen Konzerten alle auf die – wie sie es nannte: schleierschwanzartigen – Tanzeinlagen abfuhren. Eine ganze Generation schien die Tanzschritte einstudiert zu haben. War sie wirklich schon so weit weg vom aktuellen Geschehen?

Zum ersten Mal meldete sich nun der junge Mann zu Wort, der ebenfalls in Maler-Montur bisher wortlos dabeigestanden war. »Warum? Was ist mit deinem Tanzstil nicht in Ordnung?«

»Das, mein lieber Andrew, wüsste ich auch zu gerne!«
Mit einem grinsenden Seitenblick auf Brooke tauchte er
wieder die Walze in den Farbeimer.

Sam sank müde auf sein Hotelbett. Er war den ganzen Tag mit Thea unterwegs gewesen. Zuerst in ihrem
Büro, dann bei einem Geschäftsessen, wo er bereits mit
Kopfschmerzen hingekommen war, es sich aber nicht
verkneifen konnte, einen Whiskey als Aperitif zu nehmen um ihre greifbare Wut auf ihn ertragen zu können.
Thea war der festen Absicht, einen neuen Film zu absolut
überteuerten Konditionen zu finanzieren. Sam war aufgefallen, dass die beiden Produzenten noch sehr jung
und ziemlich unsicher waren, was ihr Verhandlungsgeschick betraf. Und Thea zog sie hemmungslos über den
Tisch. George war der Finanzgeber und hatte ihr und
Sam freie Hand für sämtliche Vertragsabschlüsse gegeben. So hatten sie es bisher immer gehandhabt und Thea
konnte damit erfolgreich ein Imperium aufbauen. Sam
kassierte ordentliche Provisionen und Georges Bank war
an den Einspiel-Erlösen beteiligt. Eine äußerst profitable
Situation für alle!

Nur hatte Sam heute überhaupt nicht seine Gewinnbeteiligung vor Augen. Er sah vielmehr das Risiko der beiden Antragssteller, die einen finanziellen Totalschaden
erleiden würden, sollte ihr Film floppen. Und Projekte
mit sozialkritischem Hintergrund erreichten nun einmal
bei weitem nicht die kalkulierten Quoten wie die Fortsetzung einer bereits erfolgreichen Verfilmung.

Thea schmierte den beiden jungen Männern beim
Essen so unverschämt Honig um den Bart, dass Sam

wütend wurde. Die Filmemacher glaubten am Ende, sie bekämen die Finanzierung geschenkt. Da ihre Zusammenarbeit bereits schon einige Zeit bestand, wusste er, dass es ihre Masche war, die Kunden um den Finger zu wickeln, damit die Verträge danach nahezu blind unterschrieben wurden. Er würde den beiden raten, die Unterlagen mitzunehmen und sie sich in Ruhe durchzulesen. Er musste nur auf eine passende Gelegenheit warten.

Zwei Tage später hatten sie noch einen ähnlichen Termin, der jedoch zum Selbstläufer wurde. Das Thema, der dritte Teil eines Science-Fiction Films, war ein auf Erfolg programmierter Kinohit. Bereits die ersten beiden Episoden hatten ein Rekordergebnis erzielt. Man kannte die Produzenten gut und die Konditionsverhandlungen waren Formsache. Und danach würde er den nächstbesten Flieger nach Schottland oder England nehmen. Er war jetzt seit acht Wochen in den USA und hatte mittlerweile keine Lust mehr auf Glamour, Glitzer und Party. Er musste sich sehr zusammennehmen, um nicht mit Thea aneinander zu geraten. Ihre kalte, oberflächliche Art ging ihm mit einem Mal gewaltig gegen den Strich. Er fragte sich frustriert, wie er über einen so langen Zeitraum mit ihr hatte zusammenarbeiten und vor allem leben können.

Brooke fühlte das weiche Kunstleder in der Hand. Es kam echtem Leder unfassbar gleich, war aber viel günstiger. Sie würde damit die vierzig Hocker anfertigen, die sie für ihren aktuellen Auftrag brauchte. Kunstleder ließ sich leichter reinigen und war nicht ganz so anspruchsvoll wie echtes Leder. Trotzdem schien der Farbverlauf ähnlich wie einem Naturprodukt.

Am Ende des Auftrags waren noch mehrere Flicken und Schnipsel von dem Material übrig, was Brooke auf die Idee brachte, ähnliche Hocker in Patchwork-Technik als Geschenk zur Eröffnung von Savannahs Laden anzufertigen. Langsam hatte sie sich mit der verrückten Idee ihrer Tochter arrangiert, auch wenn sie es nach wie vor für falsch hielt. Als sie Harry in einen unbeobachteten Augenblick darauf angesprochen hatte, warum er ihr diesen Plan nicht hatte ausreden können, sah dieser sie mit schief gelegtem Kopf an und antwortete trocken: »Sie ist deine Tochter, Du müsstest es besser wissen…« Da musste selbst Brooke lachend klein beigeben. So war es wohl: keines ihrer Kinder ließ sich eine Idee ausreden, wenn es sich einmal etwas in den Kopf gesetzt hatte. Sie selbst wohlweislich auch nicht.

Brooke schob ihren Rasenmäher in die Scheune nachdem sie ihn für den Winter gereinigt und fertig gemacht hatte. Sie hob ihr Gesicht in die Herbstsonne und genoss die Stille. Ja es war ruhig in diesen Tagen. Annie hatte in letzter Zeit oben in der Villa ebenfalls den Rasen gemäht, die empfindlichen Kübelpflanzen nahe ans Haus gestellt und die Gartenmöbel mit einer Schubkarre in die Garage gefahren. Brooke wollte sie nicht immer wieder nach Sam fragen, zumal Annie es entweder selbst nicht wusste oder nicht sagen wollte. Es waren nun schon beinahe zehn Wochen vergangen, seit er mit Savannah in die Vereinigten Staaten aufgebrochen war. Nachdem ihre Tochter für Brookes Empfinden zu euphorisch von ihrem Trip mit Sam geschwärmt hatte, wollte sie sie nicht auf dessen etwaige Rückkehr anspre-

chen. Sie wollte eigentlich gar nichts mehr davon hören,
sondern war einfach nur froh, dass sie wieder gesund
zurückgekehrt war. Und jetzt ihre Aufmerksamkeit voll
und ganz auf ihr neues Geschäft richtete. Mit dem sich
Brooke nun mehr oder weniger arrangiert hatte und
sich immer wieder in diese Gegend verirrte, um, aus der
Ferne wohlgemerkt, die Fortschritte des Umbaus zu begutachten. Harry und Andrew entpuppten sich als wahre
Meister im Renovieren. Das hätte Brooke ihm gar nicht
zugetraut. Aber als die Wände verputzt waren, strichen
sie mit einer blassen grauen Kalkfarbe über die offen-
porige lehmähnliche Oberfläche, was eine ungleichmä-
ßige Pigmentierung ergab. Zusammen mit dem grauen
Holzfußboden erstrahlte der Laden bald in einem der
Natur ähnlichen, unebenem Charakter. Eine farblich
homogene und strukturglatte Fläche würde auch nicht
zu den halbhohen Reliefwänden passen, musste Brooke
neidlos anerkennen.

Kurz zögerte sie, den Grill für sich alleine anzuzünden,
aber dann warf sie doch ein paar Holzscheite auf die
Feuerstelle und sah zu wie die Flammen in die Höhe
züngelten. Sie wandte sich den grünen Hügeln zu ihrer
Linken zu und ließ den Blick wandern. Ein Glücksgefühl
überkam sie wieder einmal. Die Ruhe, die sich einstellte,
wenn man mit sich im Reinen war und aller Ballast über
Bord geworfen hatte. Ihr Hauptanliegen, ihre Kinder
gut versorgt zu wissen, war eingetroffen und ihr selbst
ging es nicht anders. Sie konnte mit ihren Aufträgen
keine Reichtümer anhäufen, aber sie kam gut über die
Runden. Luke hatte ihr mehrfach angeboten, sie finan-

ziell zu unterstützen. Sie würde es jedoch nie annehmen, solange keine Notwendigkeit bestand. Trotzdem war es beruhigend zu wissen, dass ihre Kinder ihr beistehen würden, sollte sie Hilfe benötigen. Aber dies war bisher zum Glück nicht der Fall. Zum einen brauchte sie kein Geld und zum anderen konnte sie gut alleine sein. Es war nicht so, dass sie darauf warten musste, dass ihre Kinder sie besuchten, damit sie sich nicht einsam fühlte. Im Gegenteil, Brooke war mitunter gerne für sich. Wann sonst sollte sie all die Bücher lesen, die sie ständig und überall erwarb?

Sie warf ein paar Folienkartoffeln ins Feuer und legte das Grillgitter für später darüber. Während sie in der Dämmerung leicht fröstelnd dem Feuer zusah, wie es Funken sprühte, hörte sie einen Wagen. Ohne sich umzudrehen, wusste sie, dass es der Porsche von Sam war. Es war ihr, als spürte sie Erleichterung darüber, dass er zurückkam und sie nicht mehr allein hier oben war. Komisch, bis jetzt hatte ihr das nichts ausgemacht. Auch Rosa setzte sich auf und wedelte vorsichtig mit dem Schwanz. »Verräterin,« flüsterte Brooke so leise wie möglich. Eine Tiertherapeutin hatte ihr mal erklärt, dass Tiere jedes Wort verstehen könnten, das man zu ihnen sagte. Warum aber Rosa sich ausgerechnet Sam zuge-wandt hatte, würde ihr wohl niemand erklären können.

Der Wagen bremste kurz um das Tor zu öffnen und fuhr dann gemäßigt weiter. Nach einer Weile ging Brooke ins Haus um sich ein Bier und das Fleisch zu holen. Als sie zurückkam, erschrak sie, denn Sam stand neben dem Feuer und streichelte ihrer Hündin, die sich ganz eng an ihn geschmiegt hatte, den Kopf. Er flüsterte ihr einige Worte in der Sprache der Ureinwohner Schottlands zu.

»Ich wusste gar nicht, dass Du gälisch sprichst.«

»Aye. Ich schätze, Du weißt ganz viel von mir nicht.« Sam klang müde.

Brooke zögerte, ihm einen Platz und etwas zu Essen anzubieten. Sie war noch nie mit ihm allein gewesen ohne dass sie sich nicht gestritten hatten. Aber ihr Anstand überwog. Sie hob den Teller mit dem Fleisch etwas in die Höhe und fragte:

»Bist Du eben erst zurückgekommen? Kann ich Dir etwas zu Essen anbieten?«

Sam tat ihr nicht den Gefallen zu verneinen. Im Gegenteil, er schien sich aufrichtig zu freuen.

»Ich würde sehr gerne mit Dir essen, wenn es Dir keine Umstände macht. Das Haus ist kalt und zu essen ist nicht viel da. Ich konnte Annie nicht über meine Rückkehr informieren…«

Brooke wartete, ob er eine Erklärung darüber abgeben würde, warum seine Ankunft so überraschend stattfand, aber er sagte nichts mehr, sondern nahm ihr den Teller mit dem Fleisch ab und wandte sich zum Grill. Während Brooke ins Haus ging um für Sam ein Gedeck zu holen, registrierte sie kopfschüttelnd, dass sich Rosa postwendend zu ihm umdrehte und mit ihm davon trottete.

Sie standen einträchtig neben einander am Grill. Sam drehte und wendete das Fleisch, Brooke toastete das Brot. Er erzählte ein wenig von seiner Reise mit Savannah. Brooke versuchte heraus zu hören, ob da mehr war, mehr zwischen Sam und ihrer Tochter. Aber entweder erzählte er nicht alles oder er war geschickt im umgehen solcher Themen. Nichts deutete darauf hin, dass die beiden eine Beziehung hatten.

Sie aßen schweigend bis Sam seufzte.

»Das war das Beste, was ich seit Tagen auf dem Teller hatte.« Er legte die Serviette neben sein Besteck. »Nicht einmal für dich ist etwas übriggeblieben, altes Mädchen.« Bedauernd sah er auf Rosa hinunter, die erwartungsvoll neben seinem Stuhl saß und in anstarrte.

»Wer sind Sie? Und was haben Sie mit meinem Hund gemacht?« Brooke konnte es immer noch nicht fassen, dass sich Rosa so an ihren Nachbarn hielt. Rosa war ein Hund, der immer für sich blieb. Vor allem seit sie älter wurde.

»Ich habe gar nichts mir ihr gemacht, Sie hat sich einfach mich ausgesucht. Ich mag eigentlich gar keine Hunde.« Er dachte einen Moment nach. »Eigentlich mag ich gar keine Tiere.«

‚Netter Zeitgenosse,‘ dachte Brooke.

»Aber ich hätte eine persönliche Frage. Wenn ich darf?« Erwartungsvoll sah Sam sie an. Brooke zögerte ehe sie antwortete: »Kommt auf die Frage an…«

»Woher kannst Du so unglaublich gut singen?«

Jetzt wurde Brooke richtig verlegen. Sie erinnerte sich an jenen Abend, an dem sie alle zusammengesessen waren und Kaya die alten Zeiten aufleben ließ. Ja, damals auf der Bühne, da hatte sie sich immer mutig und stark gefühlt. Sie wusste, dass sie eine besondere Stimme für manche Lieder hatte. Wenn sie sang, konnte sie sofort alles um sich herum ausblenden. Und sie beherrschte das Cajon perfekt. Heute würde sie es sich vermutlich nicht mehr trauen, ganz alleine vor Publikum zu singen.

Sie begann Sam von dieser Zeit zu erzählen. Wie die drei Frauen sich kennengelernt hatten und wie aus einer Idee eine kleine Erfolgsgeschichte wurde. Sicherlich, sie waren nur ab und zu durch kleine Clubs und Pubs getingelt und dies auch nicht regelmäßig, aber sie fühlten sich wie Stars, wenn sie auf der Bühne standen. Ihre Augen leuchteten während sie in ihre Vergangenheit eintauchte, wobei sie die Episode ‚Tom' auslieB. Sam hörte ihr aufmerksam zu. Irgendwann bemerkte Brooke, dass sie weit mehr erzählt hatte als sie wollte und brach ab.

»Naja, dann merkten wir, dass wir erwachsen wurden und unsere Hippie-Zeit vorbei war. Und die Kinder auf die Welt kamen …«

Als Sam bemerkte, dass sie nicht weitersprach, schob er vorsichtig seinen Stuhl zurück und stand auf. »Wow. Jetzt ist es doch so spät geworden.« Erstaunt sah er auf die Uhr. Es war auch bereits ziemlich dunkel. Er hatte auch nicht bemerkt, dass es deutlich kühler wurde, da sie die ganze Zeit so nahe am Grillfeuer gesessen waren.

»Tja. Also. Vielen Dank für das Essen. Und den Abend überhaupt. Jetzt kann der Jet-Leg über mich hereinbrechen, ich werde schlafen können wie das sprichwörtliche Murmeltier.«

Brooke lächelte, als sie die beiden noch übrig gebliebenen Gläser zusammenräumte um sie in die Küche zu tragen. Sie wollte gerade die Türe hinter sich schließen als sich Sam zu ihr umdrehte: »Ach übrigens: Du hast wunderbare Kinder. Vor allem Deine Tochter, sie ist ein ganz besonderer Mensch!« Brooke erstarrte. Was meinte er damit? Wollte er ihr hiermit schonend beibringen, dass er eine Affäre oder gar eine ernsthafte Beziehung mit ihr hatte? Als Antwort warf sie wütend die Türe hinter sich ins Schloss. Hatte er es doch noch geschafft, den an sich harmonischen Abend zu ruinieren.

Anfang Oktober eröffnete Savannah ihr kleines Lädchen. Alle hatten ein wenig Reklame dafür gemacht:
Tessa rührte die Werbetrommel bei ihren Bekannten
und früheren Kunden. Und Brooke versuchte in allen
Geschäften, in denen sie Besorgungen machte, Flyer aus-
zulegen. Selbst Harry ließ bei einem kleineren Konzert
in Manchester Werbezettel am Merchandising-Stand
deponieren. Sam hatte ihr zur Eröffnung eine Werbe-
anzeige in der Tagespresse spendiert und Getränke sowie Platten mit kleinen Köstlichkeiten im Donut-Laden
nebenan bestellt. Er selbst konnte nicht dabei sein, da
ihn ein wichtiger Termin abgehalten hatte. Brooke nahm
es zu Kenntnis, bedauerte es aber nicht weiter.

Luke hatte eine silberne Schale mit einem Blumen-
arrangement schicken lassen.

Der Laden war wunderschön geworden, musste Brooke
neidlos anerkennen. Die Hälfte des Raumes hatten sie
mit zwei Querbalken abgetrennt und mit einem Flügel-
fenster ausgefüllt. Die Fenster standen offen und auf dem
Querbalken standen mehrere bunte Kerzen in einem
Bukett aus Efeu und Birkenzweigen. Aus Kommoden
in verschiedenen Größen hatte man die Schubladen ein
Stück weit herausgezogen und gefärbte Bio-Wolle ein-
sortiert. In einer Ecke des Raumes gab es ein kleines aber
feines Angebot an Schnittblumen, das hauptsächlich aus
Rosen in verschiedenen Rottönen bestand. Im ganzen
Laden konnte man, trotz der vielen Kerzen, diesen Duft
wahrnehmen.

Das eine oder andere Windlicht-Glas würde sie sich
tatsächlich zulegen. Das hatte Brooke bereits neidlos

anerkennen müssen. Auch an Kerzen gab es eine Riesenauswahl in allen Größen, Variationen und Farbzusammensetzung. Brooke könnte sofort und ohne Hemmungen eine Menge Geld hier liegen lassen.

Savannah stand hinter ihrer Ladentheke, umgeben von jeder Menge Verpackungsmaterial und strahlte, als bereits die ersten Objekte ihren neuen Besitzer gefunden hatten. Harry arbeitete im Hintergrund und kümmerte sich darum, dass im Eifer des Gefechts niemand eine brennende Kerze umstieß und füllte die leer gekauften Regale auf. Brooke achtete darauf, dass jeder Besucher etwas zu trinken bekam und die leeren Platten durch frische Ware ersetzt wurden. Am Ende des Tages waren sämtliche Beteiligten erschöpft aber mehr als zufrieden.

Wenn nun noch der in drei Monaten anstehende Umzug in die darüber liegende Wohnung über die Bühne gegangen war, würde alles wieder seinen gewohnten Gang gehen. Harry hatte ein schier unerschöpfliches Repertoire an jungen Männern, die ihm bei Arbeiten jeglicher Art zur Hand gingen. Brooke wunderte es nicht. Seit sie ihn kannte, kümmerte er sich rührend um Savannah und las ihr jeden Wunsch von den Augen ab. Er war einer dieser unglaublich sympathischen Menschen an denen man nichts auszusetzen finden konnte und der zudem für jedes Problem sofort eine Lösung parat hatte. Brooke mochte ihn furchtbar gerne.

Der November war typisch schottisch: windig, regnerisch und kalt. Brooke hatte genug zu tun und so manches Mal wurden ihre Finger klamm, wenn sie unter dem Vordach ihrer Scheune im Freien arbeiten musste, um nicht vom Dunst des Klebers eingenebelt zu werden. Während sie unter einer dicken Wollmütze eingepackt in einen ebenso dicken Pullover eine Truhe abschliff, sang sie lauthals einen Titel von *Guns'n'Roses* mit, der gerade im Radio lief. ,*Come in and sing out*' hieß das Programm, das schon den ganzen Mittag gespielt wurde. Hits aus den vergangenen zehn Jahren wurden gesendet und Brooke kannte sie alle. Sie war allein auf weiter Flur und ließ sich nicht bitten: jeden einzelnen Titel konnte sie textsicher lauthals mitsingen.

»Gut gebrüllt, Löwe!«

Brooke erschrak zu Tode und fuhr herum. Mr. Murray stand dicht hinter ihr in einem Fellmantel, der ihm bis zum Boden hing. Sie starrte ihm beinahe direkt ins Gesicht.

»Was soll das? Was schleichen Sie sich so an?« Brooke war lauter als sie wollte. Ihr Herz schlug bis zum Hals.

»Wir sollten noch einmal mit einander reden. Über den Schrank versteht sich.« Murray kam noch näher. Sie konnte seinen schlechten Atem riechen und sein unangenehmes Parfüm oder After Shave dazu. Brooke blickte sich um. Wo waren die Hunde, wenn man sie brauchte? Sie schienen sich verkrochen zu haben. Wahrscheinlich wegen der Kälte und der lauten Musik. Und Rosa war vermutlich sowieso bei Sam zu Hause und schlief vor dem Kamin. Verdammt! Sie wollte einen Schritt zurückgehen, als sie gegen ihre Werkzeugbank stieß. Murray machte ebenfalls einen Schritt nach vorne und packte sie an der Schulter. »Wo sind denn die Bestien, hm?« Er hatte bemerkt, dass sie sich nach ihren Tieren umgesehen hatte und sein Gesicht wurde zur Fratze.

»Lassen Sie mich los, Sie tun mir weh!« Brooke versuchte, sich aus seinem Klammergriff zu befreien, was ihn sichtlich wütend machte.

»Tja. Du arrogante Schlampe. Da kommst Du jetzt nicht mehr raus.« Und um seine Aussage zu unterstreichen, griff er ihr mit der freien Hand derbe an die Brust. Brooke schrie auf. Und wie in Rage, grub ihr Murray durch den dicken Pullover seine Zähne in den Hals. Brooke schrie erneut und sackte in die Knie. Murray fing sie auf und zog sie an den Haaren in die Höhe. »Du mieses Stück. Wenn ich Dir einen Auftrag erteile, wird er ausgeführt. Kein Mensch wird es wagen, mir etwas abzuschlagen. Hast Du das verstanden?« Um seiner Frage Nachdruck zu verleihen, riss er erneut an den Strähnen, die er noch immer zwischen den Fingern hielt. Er schüttelte ihren Kopf hin und her. »Ob Du das verstanden hast?« Die Finger seiner anderen Hand quetschten schmerzhaft ihre Brust. Brookes Puls raste und ihre Gedanken überschlugen sich. Sie sah kein Entkommen. Dann ließ sein Griff nach und er stieß sie grob von sich. Ein unglaublicher Schmerz durchzuckte ihren Hinterkopf während sie nach hinten fiel und es wurde schwarz um sie. ‚Der Tod, die Erlösung…‘ war ihr letzter Gedanke.

»Brooke! Brooke, komm zu dir!« Helles Licht schien ihr direkt in die Augen. Es war extrem hell im Jenseits, war das erste was ihr auffiel.

»Tut Dir was weh? Bist Du verletzt?« Oh! Sam war auch gestorben. Offensichtlich war er auch im Jenseits.

»Ich bin tot. Warum Du auch?«

»Sie ist definitiv auf den Kopf gefallen.« Sam sprach mit jemanden im Hintergrund. »Nein, Du bist nicht tot und ich bin auch nicht tot. Du bist überfallen worden. Die Polizei ist hier. Der Krankenwagen kommt gleich.«

»Ich brauche keinen Krankenwagen. Ich bin tot.«

Die Person, mit der Sam im Hintergrund gesprochen hatte, fragte: »Hat sie getrunken?«

Sam kam ihr näher und antwortete: »Ich rieche nichts.«

»Nimmt sie Drogen?«

»Ich denke eher nicht.«

»Hat sie äußerlich sichtbare Verletzungen?«

»Ich sehe nichts.«

»Hat sie sich erbrochen?«

»Mir ist nichts aufgefallen.«

»Sie ist hier!« Brooke versuchte sich aufzurichten, als über sie gesprochen wurde, als sei sie nicht anwesend. Sie lag noch immer in ihrer Werkstatt auf dem Boden. Sie unterließ es aber sofort, als sie den Kopf zu heben versuchte und der Schmerz sie beinahe ohnmächtig werden ließ. In diesem Augenblick ertönte wütendes Gebell im Hof als ein Wagen vorfuhr.

»Ja, jetzt könnt ihr euch bemerkbar machen,« murmelte Brooke. Sam ging vor die Türe um für die Sanitäter den Weg an den Hunden vorbei frei zu machen.

Der Arzt prüfte ihre Vitalfunktionen, besah sich die

Beule an ihrem Hinterkopf und entdeckte dabei den riesigen blauen Fleck an ihrem Hals. »War das ihr Hund?«

Wieder durchfuhr ein stechender Schmerz ihren Kopf als sie die Frage verneinte. »Das war er.«

Der Mediziner sah Sam fragend an. Der antwortete empört:

»Nicht ich. Sie wurde überfallen. Der Täter wird draußen von der Polizei vernommen.«

»Tja. Man kann die Zähne deutlich sehen. Es wird ein paar Tage anhalten, aber es ist keine offene Wunde. Sie scheinen keine inneren Verletzungen zu haben. Wir nehmen sie vorsichtshalber trotzdem mit.«

Brooke schüttelte abermals den Kopf und schloss die Augen. »Nein, bitte nicht. Es geht schon. Aber können sie mir etwas Starkes gegen den Kopfschmerz geben? Ich muss hierbleiben.«

Der Arzt seufzte ergeben und griff in seinen Koffer. Schließlich legte er ihr vier Tylenol in einer hohen Dosierung auf den Tisch. »Eine davon reicht. Falls Sie sich jedoch übergeben müssen oder der Schmerz lässt nicht nach, suchen Sie bitte ihren Hausarzt auf. Oder rufen am besten gleich die Rettung. Ich möchte anmerken, dass wir Sie lieber mitnehmen würden. Sie sollten jedenfalls nicht alleine bleiben.« Der letzte Satz war an Sam gerichtet. Dieser antwortete nicht sofort, sondern sah Brooke fragend an. Sie nickte ergeben.

Sam begleitete die Einsatzkräfte zurück zu ihrem Wagen und begegnete dort einem der beiden Polizisten, die Murray in ihrem Auto befragt hatten. »Kann ich mit Mrs. Walker sprechen? Sam nickte und ging mit ihm zurück ins Haus. Brooke sollte dem Officer den Tathergang schildern. Auch ihn interessierte natürlich brennend, was geschehen war. Sam beantwortete auch ihr geduldig die Frage, warum er so schnell zur Stelle gewesen war. Er wollte gerade Rosa nach Hause schicken, als er Brooke trotz ihrer lauten Musik schreien hörte und ihr zweiter Hund wild bellend von innen an der Türe der Werkstatt tobte. Auch Rosa wurde plötzlich hektisch und begann zu rennen. An der Scheune angekommen, sah er hinter der Werkbank Brooke am Boden liegen und ein riesiges Fellbündel über ihr. Zuerst dachte er an einen Wolf, sah dann aber in die verzerrten Gesichtszüge eines rasenden Mannes. Er packte ihn an seinem Mantel und warf ihn beiseite wie einen alten Sack. Während er mit der einen Hand Brookes Puls fühlte, tippte er mit der anderen auf seinem Handy die Notrufnummer der Polizei ein. Danach hatte er alle Hände voll zu tun, den am Boden liegenden Angreifer vor den Hunden zu schützen.

Nachdem der Polizist Brookes Aussage aufgenommen hatte, fiel sie ermattet zurück und schloss die Augen. »Sie soll in den nächsten Tagen bei uns im Revier vorbei kommen um ihre Aussage zu unterschreiben.« Sam nickte und versprach, es ihr auszurichten. Als der Officer gegangen war beugte er sich über sie: »Ich werde Dich jetzt ins Haus tragen, ok?«

»Untersteh Dich! Warte. Ich steh auf.« Sie wollte sich aufrichten, doch augenblicklich wurde ihr schwarz vor Augen und sie fiel zurück.

»Also, dem Dickschädel ist anscheinend nichts passiert.« Sam seufzte theatralisch. »Leg einen Arm um meinen Hals und hilf ein bisschen mit.« Brooke zögerte, dann aber gewann die Vernunft die Oberhand und sie ließ sich von ihm hochnehmen. Sie war kein Federgewicht und ausgerechnet in diesem Moment wurde ihr dies vor Augen geführt. Beschämt hielt sie die Augen geschlossen. Zielsicher trug Sam sie durch die Werkstatt in die Küche und von dort auf ihr ausladendes Sofa in dem offenen Wohnzimmer. Sie stöhnte, als er sie niederließ. »Kann ich Dir etwas bringen?« fragte er.

»Würdest Du mir bitte eine von den Schmerztabletten, die der Arzt dagelassen hat, geben? Und vielleicht ein Glas Wasser?« Sie konnte hören, wie Sam in der Küche ein, zwei Schränke öffnete und dann den Wasserhahn betätigte. Er brachte ihr ein Glas und die Tabletten. Nachdem er ihr ein wenig aufgeholfen hatte und ein Kissen in den Rücken geschoben hatte, damit sie besser trinken konnte, setzte er sich ihr gegenüber in den Sessel.

»Was war das? War der Typ zufällig hier?« Brooke schloss die Augen und wartete einen Augenblick. Dann erzählte sie ihm von Mr. Murray. Wie sie sich kennen gelernt hatten und wie sie ihm zweimal einen Auftrag abgelehnt hatte. Aber ob er deshalb so aggressiv auf sie los gegangen war, konnte auch sie ihm nicht beantworten. Als sie spürte, dass die Tabletten zu wirken begannen, lehnte sie ihren Kopf an die Couch und bat Sam, ihr das Telefon zu geben. »Wenn was ist, hole ich mir Hilfe. Du musst nicht hierbleiben.« Sie dämmerte bereits weg. Sam stand auf und nahm ihr das Glas aus den Händen.

»Immer das letzte Wort.« Er schüttelte den Kopf und legte eine Wolldecke über sie. Brooke bekam auch nicht mehr mit, wie er sich die Schuhe auszog und sich auf das Sofa gegenüber legte.

Sam wachte auf, weil etwas Schweres auf seinen Beinen ihn daran hinderte, sich umzudrehen. Während er zu sich kam, vernahm er auch ein leises Schnarchen vom Ende des Sofas. Rosa hatte es sich dort gemütlich gemacht und ihren schweren Kopf auf ihn gebettet. Vorsichtig zog er seine Füße unter ihr hervor und setzte sich auf. Brooke schlief noch und er schlich sich so leise wie möglich Richtung Badezimmer. Als er zurückkam, saß Brooke aufrecht und hielt sich den Kopf. »Ich komme mir vor, als wäre ich von einem Bulldozer überrollt worden.«

»Das kann ich mir vorstellen. Und Dein Hals sieht aus wie nach dem Rendezvous mit einem Vampir.« Im Vorbeilaufen hatte er einen Blick auf sie geworfen und festgestellt, dass sich die Bissstelle in ein kräftiges Blau und Gelb verfärbte. Der Kerl musste ganz schön zugebissen haben. Sam ballte die Fäuste.

Brooke wollte aufstehen, knickte aber auf halber Strecke wieder ein und fiel auf die Couch zurück.

»Kann ich Dir helfen?«

»Ähm, nein. Also ich müsste mal ins Bad. Aber allein, wenn es recht ist.«

»Schön. Aber ich kann Dir ja auf dem Weg dorthin behilflich sein?«

Brooke seufzte. Warum musste ihr so etwas passieren. Hätte nicht Tessa oder eines ihrer Kinder im entscheidenden Moment anwesend sein können. Warum musste es gerade Sam sein?

»Ok. Könntest Du mir bitte aufhelfen?«

Sam stand bereits neben ihr und stützte sie unter dem Arm, damit sie aufstehen konnte. Sie fühlte sich erst gar nicht so schwach auf den Beinen. Das Problem war ihr Kopf, in dem sich alles drehte. Hoffentlich hatte sie nicht tatsächlich eine Gehirnerschütterung, die nicht so schnell von alleine verging, sondern behandelt werden musste. Ächzend schleppte sie sich, geführt von Sam, zum Bad. Als er sie Richtung Waschbecken begleiten wollte, schob sie ihn von sich. »Ich nehme einen Kaffee mit viel Milch und Zucker, bitte.« Sam grinste. »Ich sehe, meine tatkräftige Hand wird hier nicht weiter benötigt.« Ohne ein weiteres Wort schlug sie ihm die Türe vor der Nase zu. Verriegelte sie aber sicherheitshalber nicht.

Ein Blick in den Spiegel ließ sie zusammenzucken. Sie war entsetzlich blass um die Nase und tiefe Augenringe verliehen ihr den Anblick, als litt sie an einer schweren Krankheit. Dazu die in alle Richtung abstehenden Locken. Sie kam sich vor wie in einem Alptraum und versuchte soweit es ging, mit beiden Händen Farbe in ihr Gesicht zu klopfen und ihre Haare zu bändigen.

»Ist alles gut bei Dir?« rief Sam aus der Küche.

»Jaja,« krächzte sie und öffnete die Tür.

Sam stand davor, zwei Kaffeetassen in der Hand und sah sie prüfend an.

»Du kennst dich erstaunlich gut aus in meiner Küche,« stellte Brooke fest. Sie war immer noch ein wenig verwirrt. Aber es war ihr gestern Abend schon aufgefallen, dass Sam kaum zwei Schränke hatte öffnen müssen, um die Wassergläser zu finden. Und nun präsentierte er ihr einen perfekten Kaffee in den richtigen Tassen. Seltsam. Vorsichtig, um den Kaffee nicht zu verschütten, setzte sie sich wieder.

Hook legte sich ihr reumütig zu Füßen. Er hatte wohl ein schlechtes Gewissen, dass er nicht zur Stelle war, als es von Nöten gewesen war. Vermutlich hatte er sich wegen der lauten Musik im Haus verkrochen als Brooke die Küchentüre verschlossen hatte.

»Kann ich Dich für eine halbe Stunde allein lassen?« Sam sah sie fragend an. »Ich müsste ein paar Telefonate erledigen. Und vielleicht kurz unter die Dusche.«

»Nein, geh nur. Ich komm zu recht. Ich bin versorgt. Wenn ich Deine Hilfe noch einmal benötigen sollte, melde ich mich. Vielen Dank. Danke, dass du da warst.« Und das meinte sie ehrlich. Sie wollte gar nicht darüber nachdenken, was Murray mit ihr gemacht hätte, wenn er nicht dazwischen gegangen wäre. Alles kam ihr noch so unwirklich vor. »Und Sam! Kein Wort zu meinen Kindern, verstanden?«

»Klar, kein Ding. Aber ich komme so schnell wie möglich zurück. Bleib liegen. Bitte.«

»Ok. Aber kannst Du bitte die Hunde rauslassen?« Ohne seine Antwort abzuwarten lehnte sie sich zurück und schloss die Augen. Ihr Kopf hämmerte. Es war ihr so unangenehm, dass sie ausgerechnet auf ihren Nachbarn angewiesen sein musste. Oh Mann. Sie wohnte nun schon so lange hier draußen. Nie wäre ihr eine Gefährdung in den Sinn gekommen. Aber würde sie nach dieser Geschichte wieder frei von Angst hier leben können? Vor allem, wenn sie abends oder in der Dunkelheit nach Hause käme? Und Sam wieder für längere Zeit im Ausland weilte?

Sam duschte in Windeseile und erledigte seine Telefonate. Er versuchte sie so knapp wie möglich zu halten, was ihm mit Thea Rosenbloom gründlich misslang. Sie musste sämtliche Fragen zweimal stellen, weil er ihr nicht richtig zuhörte. Er ging in Gedanken den Bestand seines Kühlschranks durch, während sie ihn wiederholt nach seinem Terminplan fragte. Schließlich beendete er das Telefonat doch irgendwie und rannte aus seinem Arbeitszimmer. Dabei flog er über Rosa, die ihm wie immer gefolgt war und schlug sich den großen Zeh heftig am Türrahmen an. Mit schmerzverzerrtem Gesicht humpelte er auf einem Bein und fauchte den Hund an: »Du blödes Vieh. Ein warmes Fell für das Sofa sollte man aus dir machen!« Schuldbewusst zog Rosa den Kopf ein und sah ihn mit ihren traurigen Augen an. Aber als er im Kühlschrank ein paar Sachen zusammensuchte stand sie bereits wieder neben ihm und um ein Haar hätte er sie wieder getreten. »Ich gebe es auf,« seufzte er. Nachdem er ein paar Lebensmittel ausgesucht hatte, verließ er das Haus.

Brooke lag immer noch auf dem Sofa. Sie war müde und ihr Schädel brummte entsetzlich. Trotzdem meldet sich ihr Magen. Und den Hunden sollte sie auch einmal Futter geben. Schwerfällig erhob sie sich und tappte vorsichtig in die Küche. Als sie einen Beutel Hundekekse aufmachte, kam Hook schwanzwedelnd zu ihr und stürzte sich sofort auf die Schüssel, die sie ihm auf den Boden stellte. Von Rosa keine Spur. Als Brooke versuchte sich aufzurichten, wurde ihr schwarz vor Augen. Krampfhaft versuchte sie sich an der Anrichte festzuhalten. Doch die

Beine versagten ihren Dienst und sie knickte ein. Aber starke Hände fingen sie auf bevor sie zu Boden ging. »Hätte mich echt gewundert, wenn Du tust, was man dir sagt!« Sam seufzte. Mühelos hob er sie hoch und trug sie zurück auf die Couch. Fürsorglich bettete er ihr ein Kissen in den Rücken und gab ihr eine Decke. »Sitzenbleiben!« befahl er. »Ich koche uns etwas! Und wehe ich muss noch einmal eingreifen.« Mit erhobenem Zeigefinger deutete er auf sie und seine Miene drückte deutlich aus, dass er keine Widerrede duldete. Nachdem Brookes Magen jetzt überdeutlich laute Töne von sich gab, widersprach sie ihm nicht. Und aufs Neue war sie mehr als erstaunt darüber, wie sicher er sich in ihrer Küche bewegte, Schränke öffnete und zu Schnippeln und Kochen begann.

Vermutlich war sie kurz eingenickt, denn Sam berührte sie sachte an der Schulter. »Komm. Ich helfe Dir hoch.« Er nahm sie unter dem Arm und sie richtete sich langsam auf. Er stellte ihr ein Tablett auf den Schoß, auf dem bereits ein Teller dampfender Nudeln stand. Als sie sicher war, dass nichts ins Wackeln kam, begann sie die Pasta mit der Gabel aufzudrehen. Sie fühlte sich unwohl als sie dabei seinen prüfenden Blick auf sich spürte. Daher pustete sie erst ein paar Mal bevor sie probierte. Es schmeckte unglaublich. Sam hatte Auberginen und Tomaten kleingeschnitten und angebraten und mit Zwiebeln und Basilikum zerkochen lassen. Vermutlich hatte er auch Käse oder eine Creme untergerührt, denn das Gericht hatte einen sahnigen Unterton. Einen Hauch Weißwein meinte sie auch heraus zu schmecken. Zuerst hatte sie es auf ihren großen Hunger geschoben aber dann musste sie zugeben, er konnte einfach unsagbar gut kochen. Einfach aber gut.

»Es schmeckt fantastisch. Jetzt noch einen italienischen Rotwein dazu und ich käme echt in Versuchung ...« Brooke ließ offen, in welche Art Versuchung sie geraten würde.

»Gott bewahre,« murmelte Sam. Auch er wurde nun verlegen, da sie ihn so hoch lobte. Diese Töne kannte er überhaupt nicht von ihr. Ganz im Gegenteil, er war bereits auf einen entsprechenden Kommentar vorbereitet gewesen.

»Aber Rotwein ist nicht.« Bedauernd schüttelte er den Kopf und deutete in Richtung der Tabletten. Seufzend gab Brooke ihm Recht. Aber nachdem sie den ganzen Teller leer gegessen hatte, spürte sie, wie ihre Kraft langsam zurückkehrte.

»Ich sollte mal ins Bad. Und ich glaube, dieses Mal schaff' ich es alleine.« Sie schob vorsichtig die Decke beiseite und stand auf, wartete einen Augenblick, ob der Schwindel wiederkäme und setzte dann einen Fuß vor den anderen. Schritt für Schritt bewegte sie sich langsam in Richtung Badezimmer. Sam beobachtete sie aufmerksam, jederzeit bereit, einen Sprung auf sie zuzumachen.

Vor dem Spiegel angekommen, schrak Brooke zurück. So war sie nicht Sam gegenübergestanden? Ihre Augen lagen, von dunklen Schatten umrahmt tief in ihren Höhlen. Die Haare standen wieder in alle Himmelsrichtungen ab und der blaue Fleck am Hals war nun beinahe handtellergroß und schillerte in sämtlichen Grün- und Blautönen. Stöhnend befeuchtete sie sich die Hände und klopfte sich auf die Wangen, um wieder etwas Farbe ins Gesicht zu bekommen. Aber nachdem sie nun mehrere Stunden so gelegen hatte, schämte sie sich nicht mehr. War ihr doch egal, was er von ihr dachte. Mit zusammen gebundenen Haaren und erhobenen Hauptes kehrte sie ins Wohnzimmer zurück. Sam hatte mittlerweile die Kissen auf dem Sofa aufgeschüttelt und die Decke zusammengelegt. Nun stand er in ihrer Küche und spülte das Geschirr. Und obwohl ihr das Bild eines Mannes in ihrem Haus so unwirklich vorkam, passte er irgendwie in ihre Küche. Ein Lächeln huschte über ihre Lippen als sie neben ihn trat und ihm die Schüsseln, die gerade abtrocknete, abnahm und aufräumte.

»Ich danke Dir sehr, dass Du Dich um mich gekümmert hast. Dass Du im richtigen Augenblick da warst. Wirklich …. Und deine Spaghetti waren der Hit. Wenn ich wüsste wie, würde ich mich erkenntlich zeigen.«

Sam drehte sich zu ihr um und legte das Geschirrtuch mit dem er sich eben noch die Hände abgetrocknet hatte, ab. Er sah sie an und sagte nichts. Ohne weitere Worte beugte er sich zu ihr herab und küsste sie. Zuerst zaghaft auf den Mund und als sie ihn nicht sofort wegstieß, verstärkte er den Druck auf ihre weichen Lippen.

Brooke war wie benommen und wehrte sich nicht. Wehrte sich nicht gegen dieses Gefühl, dass dieser Kuss in ihr auslöste. Eine riesige Hitzewelle und Gänsehaut zugleich spürte sie am ganzen Körper. Und bevor sie einen klaren Gedanken fassen konnte, umschlang sie mit beiden Armen seinen Hals und erwiderte den Kuss beinahe hemmungslos. Ihre Zungen berührten sich in einem wilden

Tanz und Brooke presste sie sich fest an ihn. Sie stöhnte während Sam sie fest in seinen Armen hielt.

Irgendwann mussten sie Atem holen und er ließ ein wenig von ihr ab. Sofort knickte Brooke in den Knien ein aber Sam fing sie auf. Er nahm sie auf die Arme als wäre sie federleicht und fragte heiser: »Schlafzimmer?« Mit halb geschlossenen Augen deutete sie nach oben.

Sam erwachte mitten in der Nacht als ihn ein Knie in die Hüfte stieß. Brooke lag ihm zugewandt auf der Seite und seufzte im Schlaf. Eine Haarsträhne hing ihr ins Gesicht, die er ihr sanft zur Seite schob. Er fuhr mit dem Zeigefinger ihr Gesicht nach, strich über ihre Lippen und Kinn. Zärtlich küsste er sie auf die Lippen worauf sie lächelte ohne aufzuwachen. Kurz betrachtete Sam ihr friedliches Gesicht. Wenn sie schlief sah sie gar nicht mehr aus wie die starke Frau mit unbändigem Kampfgeist und zwei erwachsenen Kindern. Er sah ein weiches verletzliches Wesen, das eine Mauer um sich aufgebaut hatte in der Hoffnung, niemand würde hinter die Fassade blicken können. Der blaue Fleck an ihrem Hals schillerte purpurfarben und auch ihre Brust wies Striemen vom harten Griff Murrays auf.

Seufzend drehte er sich auf den Rücken und erhob sich vom Bett. Während er seine Kleidung aufhob versuchte er keine Geräusche zu machen um sie nicht zu wecken. Er schlich sich davon wie ein Dieb in der Nacht. Aber so machte er es ja schließlich immer.

In der Villa angekommen blinkte der Anrufbeantworter neben seinem Telefon. Sechs entgangene Anrufe. Während er sich in der Küche ein Glas Wasser eingoß, hörte er die Nachrichten ab. Thea Rosenbloom, seine Geschäftspartnerin in Los Angeles, spuckte Feuer: »Du Bastard, wo steckst Du?« schrie sie in den Apparat. »Du gehst nicht ans Handy und bist nirgends zu erreichen! Beweg deinen Arsch hierher oder Du bist raus aus der Sache!« Sam seufzte. Thea war immer noch seine Geschäftspartnerin in den Vereinigten Staaten. Sie beschaffte ihm die Filmangebote für die er die Finanzierungen berechnete und vermittelte. Sie waren ein sehr erfolgreiches Duo wobei Thea den größeren Anteil am Geschäft hatte indem sie die Projekte an Land zog. Meistens liefen die Finanzierungen auch noch über Georges Hausbank, so dass sein Kumpel auch mit im Boot war. Und sie lebten alle drei nicht schlecht davon. Sam hatte Thea auf einer Spendengala kennengelernt und war außer einer geschäftlichen Partnerschaft auch noch eine private Beziehung mit ihr eingegangen. Ohne ihr allerdings von Lori zuhause in Schottland zu erzählen. Was sich dahingehend erübrigte, als dass Sam sowohl die Beziehung zu Thea als auch die zu Lori nicht allzu ernst nahm.

Sam grübelte einen Moment über den Zeitunterschied und entschloss sich dann, erst einmal nicht zurückzurufen. Dieser Ton gefiel ihm nicht. Und er dachte darüber nach wie er sie das letzte Mal verlassen hatte. Sie hatten sich über das absurde Preisniveau von Finanzierungen unterhalten. Nur war in diesem Fall eine normale Unterhaltung nicht möglich. Thea forderte fast sechzig Millionen für einen Actionfilm mit einem zwar sehr bekannten Darsteller aber Sam befand die Summe trotzdem nicht für finanzierbar. Auch die Vertragsverhandlungen mit den beiden jungen Produzenten standen noch aus und lagen ihm schwer im Magen. Doch Thea setzte ihm die Pistole auf die Brust und die Tatsache, dass sie in der Vergangenheit miteinander im Bett gewesen waren machte die Sache nicht einfacher. Ohne ein weiteres Wort hatte er sie bei seinem letzten Besuch in den Staaten einfach stehen lassen und sich bisher nicht mehr gemeldet. Seit er wieder in Europa war, hatte er weder mit ihr noch mit der Filmgesellschaft Kontakt gehabt und war auch nicht der Auffassung, in dieser Angelegenheit noch aktiv werden zu müssen. Ganz im Gegenteil, mittlerweile fand er das Preisniveau für solche Geschäfte nur noch abstoßend. Trotzdem mussten offene Projekte stets zeitnah abgeschlossen werden. Aber immer stärker manifestierte sich der Gedanke in seinen Kopf, seine Zukunft zu überdenken und einfach etwas anderes zu machen.

Es war vier Uhr in der Frühe und Sam fand keinen Schlaf. Mittlerweile konnte er nicht mehr nachvollziehen, warum er Brooke einfach ohne eine Nachricht verlassen hatte. Er wälzte sich von rechts nach links und wieder zurück. Um halb sechs stand er auf und ging im fahlen Licht der aufgehenden Sonne joggen. Um acht Uhr stand er fix und fertig geduscht vor seiner Garage, lud einen Trolley in sein Auto und fuhr zum Flughafen.

Als Brooke erwachte stand die Sonne bereits höher als sonst. Es war kurz vor acht Uhr und sie konnte sich nicht daran erinnern, wann sie das letzte Mal so lange geschlafen hatte. Ihre Muskeln schmerzten als wäre sie eben von einem langen Lauf zurückgekommen. Langsam dämmerte ihr nun auch, wie der Abend zu Ende gegangen war und mit einem Blick auf die zerwühlte Seite im Bett neben ihr fiel ihr alles wieder ein. Eigenartige Gefühle tobten in ihr. Sollte sie sich nicht schlecht fühlen, mit ihrem Nachbarn ins Bett gegangen zu sein? Es irritierte sie, dass sie so etwas getan hatte aber nachdem die Erinnerungen wieder zurückkamen, breitete sich in ihrem Inneren ein tiefes Glücksgefühl aus. Sie fühlte sich plötzlich begehrenswert und attraktiv. Sie machte sich im Allgemeinen kaum Gedanken darüber, wie sie auf Männer wirkte. Und sie wollte vorerst auch nicht darüber nachdenken, wie sie sich Sam gegenüber verhalten würde, wenn sie sich das nächste Mal gegenüberstanden. Sie genoss den Augenblick. Er hatte ihr etwas gegeben was sie lange nicht mehr gefühlt hatte. Es war lange her, dass sie von jemandem in einer innigen Umarmung gehalten wurde. Sie erhob sich und beschloss, diesen historischen Tag langsam angehen zu lassen und eine Tasse Kaffee in ihrem Garten zu trinken während ihr die aufgehende Sonne das Gesicht wärmte. So saß sie warm eingepackt auf ihrer Bank unter dem alten Ahornbaum, rückte die Kissen in ihrem Rücken zurecht und wollte vor Glück platzen. Es kam ihr vor, als spürte sie noch immer Sams warme Hände überall auf ihrem Körper. Wenn Sie die Augen schloss, erinnert sie sich, wie er sich voller Lust und maskuliner Wildheit unter halb geschlossenen Lidern über sie gebeugt hatte. Der Gedanke, dass sie ihn schon vermisste, erschreckte sie zutiefst. Niemals hätte sie damit gerechnet, dass hinter der Fassade dieses Mannes so viel prickelnde Leidenschaft steckte. Plötzlich sah sie in ihm die pure Erotik. Ihr ganzer Körper war wie elektrisiert.

Als sie den Land-Rover von oben heranrollen hörte, beschleunigte sich ihr Herzschlag. Als Sam jedoch an ihrem Grundstück vorbeirauschte, ohne einen Blick in ihre Einfahrt zu werfen, platzte ihre Seifenblase…

Sam nahm wieder einmal die frühestmögliche Maschine von Edinburgh nach Los Angeles. In seinem Inneren tobte ein Kampf den er nicht einordnen konnte. Er war mit vielen Frauen im Bett gewesen und er war beinahe jedes Mal vor Sonnenaufgang still und leise verschwunden. Nie hatte er danach auch nur den Hauch eines schlechten Gewissens verspürt. Oft auch deshalb, weil er bereits im Vorfeld alle Unklarheiten ausgeräumt hatte. Aber er hatte sich noch nie so beschissen gefühlt wie heute Morgen. Als er an ihrem Cottage vorbeigefahren war, sah er Brooke vor dem Haus sitzen und war ohne sie zu beachten weitergefahren. Allein bei dem Gedanken daran fühlte er sich noch schlechter.

Also nahm er das längst fällige Gespräch mit Thea in Kauf um sich abzulenken. Es würden schwierige Zeiten im sonnigen Kalifornien werden aber alles was ihn von Brooke ablenkte war ihm nur recht.

Brooke verabschiedete sich von Tessa. Es war ein sonniger aber kalter Novembertag. Tessa fiel zu Hause die Decke auf den Kopf. George war geschäftlich unterwegs und das Baby hatte die klassischen Dreimonats-Koliken. Brooke war ein wenig mit ihrer Freundin und dem Kinderwagen durch den *Princess Garden* spaziert, damit auch der kleine Niklas sich ein wenig unter Aufsicht mit dem Dreirad austoben konnte. Während der quirlige Fünfjährige hinter den Enten durch den Park rannte, versuchte Brooke vorsichtig, Informationen über Sam aus Tessa heraus zu locken. Ihr Nachbar war nunmehr schon mehrere Wochen verschwunden. Vermutlich war er wieder geschäftlich unterwegs. Doch ohne es zuzugeben, vermisste ihn Brooke. Aber ihre Freundin wusste nichts von der einmaligen Liebesnacht und war gottseidank so ahnungslos, dass sie nicht nachfragte, warum Brooke sich so für Sam interessierte. Nachdem sie Mutter und Kinder wieder gut nach Hause gebracht hatte, entschied sie sich, bei ihrer Tochter im Lädchen vorbei zu schauen. Seit Savannah den ganzen Tag beruflich eingespannt war, trafen sie sich nicht mehr so regelmäßig. Zwar war ihre Tochter nunmehr in Edinburgh ansässig, aber Brooke wollte nicht wie eine Glucke ständig nach ihr schauen.

Als sie den Laden betrat, blieb sie wie angewurzelt in der Türe stehen. Sam stand mitten im Laden und hielt Savannah fest mit beiden Armen umschlungen. Brooke war einen Augenblick lang unfähig, sich zu bewegen, sonst wäre sie postwendend umgekehrt. Als die beiden sich zu ihr umdrehten, ließ Sam schnell die Arme sinken und räusperte sich verlegen. Er konnte Brooke nicht ins Gesicht sehen.

»Hallo, Mama. Du kommst genau richtig!« Savannah strahlte über das ganze Gesicht.

»Aha. Gibt es was zu feiern?«

Savannah breitete freudestrahlend die Arme aus und rief: »Wir sind schwanger!«

Erst reagierte Brooke gar nicht. Als dann die angeblich so freudige Botschaft bei ihr angekommen war, drehte sie sich langsam zu Sam um: »Warst Du das?« Mit vor Wut verzerrtem Gesicht fauchte sie in an. Aber bevor er reagieren konnte, ertönte es entrüstet zweistimmig: »Entschuldige mal!« Harry war aus dem hinteren Bereich des Ladens hinter Savannah getreten. Sowohl er als auch ihre Tochter sahen Brooke entgeistert an: »Wie kommst Du auf so eine Schnapsidee?« Wie abgesprochen wandten sie gemeinsam gleichzeitig ihre Blicke abwechselnd zu Brooke und zu Sam. Dieser lächelte nervös und ging nicht weiter auf diese Mutmaßung ein. Er schickte sich an zur Tür zu gehen: »Also, alles Gute für Euch. Ich muss los.« Ohne Brooke eines weiteren Blickes zu würdigen, verließ der den Laden.

»Sag mal, bist Du verrückt? Wie kommst Du drauf, dass Sam der Vater sein sollte? Er könnte mein Vater sein. Und er wäre nicht der Schlechteste!« Jetzt war es Savannah, die fassungslos vor ihr stand. »Was denkst Du eigentlich von mir?«

Und Brooke, der sonst so stillen, verständnisvollen Mutter, platzte der Kragen. »Machst Du mir den Vorwurf, Du hättest keinen Vater gehabt? Dass es meine Schuld ist? Ich habe immer die Verantwortung für euch übernommen. Es hat euch an nichts gefehlt. Aber ist es vielleicht verantwortungsvoll einen Laden aufzumachen und ein paar Monate später ein Kind in die Welt zu setzen? Wer soll sich denn von nun an hier um alles kümmern? Ihr seid doch beide noch so jung.«

»Darf ich Dich daran erinnern, dass du sogar noch jünger warst als ich jetzt?« Savannah stand mit verschränkten Armen vor ihr.

»Ja. Und wohin hat es geführt? Als Dein Vater das Gefühl bekommen hatte, in seinem Leben etwas zu verpassen, hat er sich lieber ganz schnell aus dem Staub gemacht.« Brooke war jetzt so richtig in Fahrt und schoss wütende Blicke in Richtung Harry.

»Du kannst nicht alle Männer über einen Kamm scheren. Ich bitte Dich. Brooke!« Harry versuchte sie zu besänftigen.

Aber da war er wieder. Dieser Schmerz, den sie vor so langen Jahren erfahren musste. Zweimal sogar. Und den sie im Laufe der Zeit hatte versucht zu begraben. Nun war er wieder da. Wie eine Explosion überfiel er sie. Sie schluchzte auf und verließ den Laden ohne ein weiteres Wort.

Brooke schlenderte ziellos durch die kleinen Gassen der Glasgower Innenstadt ohne Notiz von den anderen Passanten zu nehmen. Normalerweise hatte sie hier ihre Lieblingsläden, die sie schnurstracks aufsuchte, kaum dass sie ihren Wagen geparkt hatte. Im Waterhouse, diesem kleinen Geschenkeladen, in dem sie immer wieder Glückwunschkarten, Geschenkpapier und farbige Bänder kaufte, fand sie immer irgendetwas. Auch von Lichterketten, Kerzen und Notizbüchern konnte sie kaum die Finger lassen. Heute jedoch stand sie vor dem Schaufenster ohne zu realisieren, was sie sich ansah.

Sam versuchte sich auf seine Unterlagen zu konzentrieren. Immer wieder kreisten seine Gedanken zu Brooke. Wie kam sie bloß auf die absurde Idee, er könne der Vater ihres zukünftigen Enkelkindes sein. Wieder und wieder schob er den Gedanken von sich. Er musste mit ihr sprechen, dringend. Er beobachtete sie immer wieder, wenn sie auf dem Hof war. Er hörte ihren Wagen kommen und gehen. Rosa war ein, zweimal hier gewesen. Die alte Hündin lag neben ihm auf der Couch und sah ihn an, als könne sie seine Gedanken lesen. Und manchmal kam es ihm so vor, als würde sie ihn einen Feigling heißen. In diesem Fall sah er sie streng an und fragte: »Wer hat dir eigentlich erlaubt, auf dieses teure Sofa zu liegen?« Rosa beachtete ihn dann in der Regel nicht, sondern verwies durch ihre Ignoranz auf die weit verbreitete Meinung, alte Hunde hörten schlecht.

Zwei Wochen vor Weihnachten war Brooke wieder einmal auf ihrer Hausstrecke unterwegs. Die Luft war kalt und roch nach Schnee. Sie wollte beim Laufen den Kopf frei kriegen, denn sie musste eine Entscheidung fällen. Sie hatte seit dem Vorfall im Lädchen nicht mehr mit ihrer Tochter gesprochen. So wie es aussah, wollte auch Savannah diesen Disput aussitzen. Obwohl sie noch nie eine Unstimmigkeit in diesem Ausmaß hatten, sagte Brooke ihr Gefühl, dass sie selbst den Anfang machen musste, wenn sie Weihnachten nicht alleine zu Hause sitzen wollte. Während sie gedankenverloren ihren Weg nach unten einschlug, bemerkte sie auf einmal, dass sie, ohne es zu wollen, direkt an Sams Garten vorbeilaufen würde. Erst als sie Stimmen auf der Terrasse hörte, stoppte sie hinter einer Hecke. Die Hunde waren zum Glück weit hinter ihr.

»… Du musst eine Entscheidung treffen. Du kannst sie nicht ewig hinhalten. Das ist nicht fair. Ihr gegenüber und auch uns gegenüber. Wir waren immer ein gutes Team und ich möchte jetzt nicht wegen so einer Bettgeschichte zwischen den Stühlen stehen…«

Brooke hielt den Atem an.

»… Glaubst Du, ich weiß das nicht? Aber ich habe im Moment echt keine Nerven, mich mit dieser alten, faltigen Schabracke und ihrem ‚ach-ich-bin-die-Größte-Gehabe' auseinanderzusetzen. Das hat Zeit bis nach Weihnachten, dann ist die Enttäuschung nicht so groß.«

»Sam, du und deine Frauengeschichten. Die Ernüchterung ist immer gleich groß. Vor oder nach Weihnachten. Werde endlich erwachsen! Komm, lass uns reingehen, hier draußen ist es eiskalt.«

Als die Terrassentüre zuschlug, keuchte Brooke. Wie hatte er sie genannt? Alte, faltige Schabracke? Sie dachte immer, sie hätte schon alles erlebt und einiges eingesteckt. Gut, sie war um einiges älter als er. Das schien ihn aber in jener Nacht auch nicht gestört zu haben. Und wenn sie sich recht erinnerte, hatte er die Initiative ergriffen. Und dass er sich nun gegenüber George so widerwärtig über sie äußerte, trieb ihr die Zornesröte ins Gesicht. Besonders weil sie bisher keine weiteren Ansprüche an ihn gehabt hatte. Sie hätte es verstanden, wenn sie ihm nachgestellt oder ihn gar bedrängt hätte. Aber nichts von alledem hatte sie unternommen. Brooke rang buchstäblich um Fassung und mit rasendem Herzen stolperte sie nach Hause.

In ihrem Cottage angekommen, riss sie sich die Kleidung vom Leib und sprang unter die Dusche. Zuerst duschte sie heiß und danach eiskalt. Der Schmerz war wieder da. Wie damals. Als Tom sie verlassen hatte und als Hugh sie betrogen hatte. Wieder bebte ihr ganzer Körper und die Erinnerung schlug erbarmungslos zu. Warum musste sie immer das Opfer solcher Männer sein? So viele Jahre war sie wachsam gewesen und hatte sich selbst geschützt. Was hatte sie dieses Mal unvorsichtig werden lassen? Überhaupt, was war in den letzten Wochen geschehen? Sie wurde überfallen, sie hatte sich mit ihrer Tochter überworfen. Sie hatten durchaus hin und wieder in der Vergangenheit eine Meinungsverschiedenheit gehabt, aber in diesem Fall schien Savannah ernsthaft beleidigt zu sein. Denn dass sie sich so lange nicht bei ihrer Mutter gemeldet hatte, war ungewöhnlich. ,Tja‘, dachte Brooke, ,nun geht sie wohl ganz und gründet eine eigene Familie. Wer braucht da schon eine alte, faltige Schabracke?‘ Wieder schossen ihr die Tränen in die Augen.

Sie stand in ihrem weihnachtlich dekorierten Haus und fühlte sich das erste Mal wirklich allein und verlassen. Sie war in der Vergangenheit immer wieder gerne allein gewesen. Sie brauchte diese Zeit für sich zur Regeneration und Inspiration. Aber sie hätte immer die Option gehabt, Menschen, die sie liebte, aufzusuchen oder zu sich einzuladen. Nun war es das erste Mal, dass dies nicht der Fall war. Savannah hatte ein neues Leben mit dem anscheinend doch nicht so schwulen Harry, Luke nutzte die freien Tage zwischen der Ligapause um mit seinen Spielerkollegen in die Sonne zu fliegen. Tessa hatte eine Menge um die Ohren mit ihren kleinen Kindern und den Weihnachtsvorbereitungen. Und George wollte sie im Augenblick nicht in die Augen schauen müssen, wenn sie daran dachte, wie Sam über sie gesprochen hatte.

Während Brooke ein Glas zwischen den Händen hielt, spiegelte sich der Rotwein im Kerzenlicht und leise Tränen liefen über ihre Wangen. Dann erledigte sie ein paar Telefonate, packte zwei Tage später einige Sachen in ihr großes Auto und lud die Hunde auf die Rückbank.

Sam beobachtete Brooke, wie sie mehrere Taschen in ihr Auto brachte. Er sah ihr zu, wie sie die Hunde hochhob und auf die Rückbank bugsierte. Als sie das Haus abschloss und außerhalb der Hofeinfahrt anhielt um das Tor zu schließen und zu verriegeln, wurde er nachdenklich. Sonst ließ sie immer ein Licht an oder Kerzen brannten in den Laternen.

Später am Nachmittag beschloss er ein paar Besorgungen in der Stadt zu erledigen. Als er am Cottage vorbeifuhr und keine einzige Kerze in den unzähligen Laternen brennen sah, wurde er stutzig. Er wusste, er musste mit ihr über diese eine Nacht sprechen. Aus Gründen, die er selbst nicht verstand, hatte er es immer wieder aufgeschoben. Vielleicht hatte er auch erwartet, dass sie auf ihn zukam und Fragen stellte auch wenn er im

Augenblick selbst keine Antwort darauf hätte. Wenn er ehrlich war, vermisste er sie. Ihm fehlten die Gespräche mit ihr. Selbst wenn sie ihm immer wieder kratzbürstig begegnete, hatte sie doch zu gewissen Dingen eine klare Meinung und war ein kluger Kopf. Aber er kannte sie auch anschmiegsam und zärtlich. Und genau das fehlte ihm. Er wollte es nur noch nicht wahrhaben.

Savannah bediente gerade eine Kundin, die sich einen mehrarmigen Kerzenleuchter als Geschenk einpacken ließ. Sie strahlte, als Sam den Laden betrat und wartete, bis sie die Kundin an der Türe verabschiedet hatte.

»Na? Du wirst jeden Tag hübscher, weiß Du das?« Er küsste sie auf die Wange. »Geht es dir gut?«

»Danke. Mir geht es bestens!« Sie deutete auf einen Teller voller Früchte, der hinter ihr stand. »Ich werde mit allem versorgt. Sag mir bitte nicht, Du hast auch noch Bananen mitgebracht. Ich kann keine Bananen mehr sehen.«

»Entnehme ich dieser Aussage etwa Kritik an meinem Ernährungskonzept?« Harry war unbemerkt aus dem Hinterzimmer zu ihnen getreten. Er schmunzelte, während Savannah glücklich lachte: »Nein, natürlich nicht. Du bist so gut zu mir.«

Sam lachte ebenfalls und hob die Hände, die er hinter dem Rücken gehalten hatte, in die Höhe: »Also, ich habe es in flüssiger Form mitgebracht.« Sam hatte ein wenig weiter oben in der Straße geparkt von vom Gemüsehändler einen Smoothie mitgebracht.

»Wow. Der sieht aber sehr grün aus.« Savannah freute sich sehr über diese Aufmerksamkeit. Als er sich suchend umsah fragte sie: »Kann ich irgendetwas für Dich tun?«

»Ja, ich suche ein Geschenk. Etwas weihnachtliches. Vielleicht auch für draußen.«

»Also ein Weihnachtsgeschenk?« Savannah sah in fragend an. »Jemand nahestehendes? Oder eher eine Kleinigkeit?« Sie wurde ein bisschen neugierig.

»Für deine Mutter.«

Savannahs Augenbrauen schossen in die Höhe aber sie verzog ansonsten keine Miene. »Aha. Wie geht es ihr denn?« fragte sie so beiläufig wie möglich. Ihr ging es nicht gut dabei, keinen Kontakt zu ihrer Mutter zu haben. Aber dieses Mal war es nicht an ihr, den ersten Schritt zu machen. Mit ihrer Unterstellung, Sam könne der Vater ihres ungeborenen Kindes sein, fühlte sie sich zutiefst verletzt. Damit hatte Brooke ihrer Tochter quasi anheimgestellt, eine Beziehung mit ihm eingegangen zu sein obwohl sie seit Jahren mit Harry zusammen war. Dass Brooke Harry immer für schwul gehalten hatte, hatte sowohl sie selbst als auch Harry nie ernst genommen, im Gegenteil, es amüsierte sie eher. Aber dieses Mal war ihre Mutter übers Ziel hinausgeschossen.

»Ich weiß nicht. Ich habe sie seit dem Überfall nicht mehr gesprochen.«

»Was für ein Überfall?« Savannah und Harry rissen gleichzeitig die Augen auf. »Was ist passiert? Wann war das?«

Sam hätte sich auf die Zunge beißen können. Brooke wollte nicht, dass Savannah davon erfuhr. Jetzt fiel es ihm wieder ein.

»Ist schon ein paar Wochen her. Sie ist blöd auf den Kopf gefallen aber der Arzt hat ihr gleich wieder grünes Licht gegeben. Sie musste nicht einmal ins Krankenhaus.«

»Sie musste nicht einmal ins Krankenhaus?« echote Savannah? »Wieso sagt mir keiner was? Wusste Luke davon?«

»Ich glaube nicht. Sie wollte kein großes Aufheben darum machen. Du bist schwanger, Luke war weit weg. Und ich war ja da.« Er ließ wohlweislich weitere Einzelheiten aus. »Ich musste dann in die USA, aber erst als es ihr wieder besser ging. Heute erst habe ich sie auf dem Hof gesehen. Es schien ihr ganz gut zu gehen.«

»Aha. Es schien ihr gut zu gehen.« Savannahs Gefühlswelt wechselte zwischen Ungläubigkeit und Angst. »Aber Du hast nicht vielleicht in der Zwischenzeit mal nachgefragt?«

»Das wollte ich heute ja machen. Aber das Haus ist zu, die Rollläden und sogar das Tor hat sie verriegelt.« Sam zuckte mit den Schultern. Er war eigentlich hierhergekommen, um von Savannah näheres zu erfahren, aber das Gespräch schien sich in eine andere Richtung zu entwickeln. Eine für ihn sehr unangenehme Richtung.

»Das Tor ist verriegelt? Das wird ja immer besser!« Savannah war jetzt außer sich. »In zwei Wochen ist Weihnachten und sie verriegelt das Tor?«

Sam konnte den Zusammenhang nicht so genau erkennen und sein Blick zeigte das wohl deutlich.

»Mama liebt Weihnachten. Um nichts in der Welt würde sie das Haus an Weihnachten verlassen. Da muss etwas passiert sein.«

Sam zuckte mit den Schultern. »Jetzt mal den Teufel nicht an die Wand. Bestimmt ist sie heute Abend wieder da. Ich kann dir Bescheid geben, sobald auftaucht. Bitte, reg Dich nicht auf.«

»Aber zwischen dir und ihr ist alles in Ordnung, oder?«
meldete sich Harry zu Wort und sah Sam prüfend an.

»Was soll zwischen ihr und mir nicht in Ordnung sein?
Ich war sechs Wochen in den Staaten und bin erst seit
ein paar Tagen wieder zurück. Ich habe sie gar nicht
gesprochen. Seither …« Langsam fühlte sich er sich unwohl. Als Savannah Brookes Faible für Weihnachten angesprochen hatte, fiel ihm ein, wie Brooke ihm einmal
erzählt hatte, dass sie vor den Festtagen genug Obst und
Gemüse besorgte, um sie in der Heiligen Nacht für die
Tiere in den Hügeln, insbesondere die Hirsche, hinter
die Hecke zu werfen, damit auch sie ein Festessen hatten.
Würde sie das dieses Jahr verpassen wollen? Nun war
auch er beunruhigt und hatte es auf einmal eilig nach
Hause zu kommen.

»Melde Dich bitte sowie Du sie siehst!« Savannah
fühlte sich elend. Sie wollte nicht glauben, dass ihre
Mutter ohne ein Wort weggegangen war. Womöglich
weil sie sich nicht gemeldet hatte. Harry versuchte sie
zu beruhigen.

»Sag mal, in fünf Tagen ist Weihnachten und Du verkriechst Dich immer noch hier.« Tante Sully schüttelte ungläubig den Kopf.

»Na und? Bist Du vielleicht gerne alleine an Weihnachten? Sei doch froh!« Brooke reagierte ungehalten auf die Anmerkung ihrer Tante Sully. Jetzt war sie doch nun mal da, um mit der alten Dame Weihnachten zu feiern und der war das gar nicht recht.

»Ich bin all die Jahre alleine gewesen und es hat mir nichts ausgemacht. Aber dass Du mich als Ausrede benutzt, um dich hier zu verkriechen, da steckt was anderes dahinter, als die Tatsache, dass du Oma wirst.«

»Nenn mich nicht Oma! Sehe ich vielleicht aus wie eine Oma?« Brooke wurde wütend.

»Im Augenblick siehst Du aus wie ein bockiger Esel.« Tante Sully schüttelte den Kopf. »Ich denke eher, da steckt ein Kerl dahinter.«

»Sully!« Brooke war empört.

»Wusste ich es doch!« Ihre Tante lächelte verschmitzt. »Seit wann hilft davonlaufen? Stell Dich den Dingen und alles wird gut.«

Brooke achtete gar nicht weiter auf sie, sondern schnappte sich ihre warme Winterjacke vom Haken und ging mit den Hunden hinaus in die feuchte Dämmerung. Sie ließ ihren Blick über die grenzenlose Weite der Highlands schweifen. Hinter ihr die grünen Hügel und vor ihr die wilde See mit ihrem unendlichen Horizont. Ihr Blick war tränenverhangen und ihr Kopf leer. Während der Wind durch ihre Haare blies und sie die raue Seeluft einatmete, kam sie zur Ruhe. ‚Wann ist das alles aus dem Gleichgewicht geraten? Nichts ist mehr in Ordnung. Kein Stein steht mehr auf dem anderen' sinnierte sie. Dabei stand sie ziemlich nah an den steilen Klippen und sah den Wellen zu, die sich ein ganzes Stück weit unter ihr an den Felsen brachen. Das Meer hatte etwas beruhigendes. Als könnte sie ihre Sorgen hineinwerfen und die Strömung zog sie hinaus in endlose Weite und versenkte sie in der Tiefe. Sie atmete ein und aus. Im Gleichklang mit dem Wellengang. Sie wusste, im Leben gab es ständig Veränderung. Aber sie wollte keine Veränderungen mehr.

Sully hatte recht. Sie musste sich den Dingen stellen. Seit beinahe drei Wochen hatte sie kein Wort mit ihrer Tochter gesprochen. Und auch mit Luke, der sie immer wieder angeschrieben hatte, wo sie denn stecke, hatte sie nur einige SMS geschrieben gehabt und ihm versichert, dass es ihr gut ginge. Luke gab sich damit zufrieden und bohrte nicht weiter nach. Savannah übte sich weiterhin in stiller Zurückhaltung.

»Geh keinen Schritt weiter!« Brooke zuckte zusammen und wäre beinahe vorneüber gefallen, wenn Sam sie nicht am Arm gepackt hätte. »Was stehst Du auch ganz vorne? Bist Du verrückt?« Er war außer sich.

»Verdammt! Was tust *Du* hier?« Ihr Herz klopfte bis zum Hals. Sie schnappte nach Luft.

»Ich hol Dich nach Hause.« Rosa tänzelte aufgeregt um Sam herum. Sie freute sich wie ein junger Hund, ihn wiederzusehen. Sam hatte seine liebe Mühe dem Hund gerecht zu werden und Brooke von der Steilküste wegzuziehen.

»Ich bleib' hier. Tante Sully braucht mich.«

Sam lachte auf und ließ sie endlich los, nachdem sie einige Schritte zurück gegangen waren. »Deine Tante Sully kommt ganz gut zurecht, soweit ich weiß. Aber Savannah braucht Dich.«

»Ach komm, hör auf. Savannah hat doch ihren Rockstar. Soll der ihr den Bauch kraulen!« War sie etwa eifersüchtig auf Harry? Brooke konnte nicht glauben, dass sie das eben gesagt hatte. Sie, die immer und ewig Verständnisvolle. Sie war froh, dass es bereits dunkel war. Ihre Wangen schienen zu glühen.

»Brooke. Sei nicht albern. Lass uns ins Haus gehen und uns drinnen streiten.«

»Es gibt nichts zu streiten. Ich bleibe hier.« Wütend stampfte sie mit einem Bein auf.

»Oh Mann. Was bist Du stur! Und Deine Tochter ist das auch. Die hat den gleichen Dickschädel. Herzlichen Glückwunsch!« Sam stöhnte.

»Ebenfalls herzlichen Glückwunsch und gute Heimfahrt!« Brooke drehte sich empört um und ging den schmalen Pfad zurück zum Haus. Die Hunde rührten sich nicht und blickten verständnislos zwischen den beiden hin und her.

Dort angekommen, sah sie Sams Wagen in der Einfahrt parken. Ihre Tante stand mit verschränkten Armen in der offenen Tür. Das Haus war hell erleuchtet und sie konnte das Essen riechen. Es duftete nach Rotkohl und gebratenem Truthahn in warmer Bratensauce. Ihr Magen machte sich bemerkbar.

»Und Mr. McDonald? Bleibt ihr noch zum Essen?« Sully wischte sich ungeduldig die Hände an einem Geschirrtuch ab.

»Ach, ihr kennt euch schon?« Langsam wurde Brooke richtig sauer. »Warum auch nicht …«, murmelte sie.

Tante Sully sah an ihr vorbei und wandte sich an Sam: »Scheint nicht ganz geklappt zu haben, Ihr Plan?«

»Nein. Ich habe es hier mit einem ganz ausgeprägten Sturkopf zu tun.«

»Ach was, kommt erst mal rein. Essen wir zusammen und dann sehen wir weiter.«

Nun wurde es Brooke zu bunt: »Nein. Er bleibt nicht zum Essen!« Sie warf Sam einen bitterbösen Blick über den Rücken zu. Aber Sully hatte sich schon an ihr vorbeigeschoben und zog Sam ins Warme.

»Wer hier an den Tisch kommt, entscheide immer noch ich. Du hast ja schließlich auch Unterschlupf erhalten, ohne vorher groß gefragt zu haben.« Sie nahm Sam seine durchnässte Jacke ab und hängte sie an die Garderobe. Dann verschwand sie in der Küche und schloss die Tür hinter sich. Brooke musste ihren Regensweater eigenhändig daneben hängen. Sam hielt sie an der Schulter fest, als sie sich von ihm wegdrehte und in den Wohnraum gehen wollte.

»Lass uns klären, was zwischen uns steht. Bitte!«

»Zwischen uns steht gar nichts,« fauchte sie ihn an. »Ich bin die alte, faltige Schabracke und du der aufstrebende Selfmade-Typ. Schon vergessen? Zwischen uns war nichts, an was ich mich erinnern möchte, ist nichts, an was ich mich erinnern könnte und wird nie etwas sein, an was ich mich erinnern wollte.«

»Was?? Wieso alte Schabracke? Faltig? Wovon sprichst Du?« Sam konnte ihr nicht folgen, er war völlig verwirrt und seine Ahnungslosigkeit machte Brooke nur noch wütender. »Tu nicht so. Wenn Du schon über jemanden herziehst, solltest du vielleicht einen leiseren Ton anschlagen und es nicht herumschreien, so dass es jeder durchs geöffnete Fenster hören kann.«

Sam packte sie mit beiden Händen an den Oberarmen und schüttelte sie. »Wieso alte Schabracke? Du spinnst doch!«

»Ach, jetzt kommt also noch persönliche Beleidigung dazu. Ganz toll!«

Sie wand sich aus seinem Griff, aber er ließ nicht locker. »Das ist keine Antwort!«

Brooke unterließ erschöpft ihre Bemühung, sich aus dem Klammergriff zu befreien und seufzte. »Weißt Du, dass ich Dir zu alt und nicht attraktiv genug bin, damit kann ich leben. Aber dass Du gegenüber George so tust, als wäre ich eins deiner Wegwerf-Betthäschen, das habe ich nicht verdient. George und ich sind schon so lange enge Freunde. Und jetzt kann ich ihm nicht mehr in die Augen schauen.« Eine Träne stahl sich aus ihrem Augenwinkel.

Sam verstand gar nichts mehr. »Was weiß denn George von uns?«

»Tu doch nicht so. Ich bin an deinem Garten vorbei gegangen als Du ihm erzählt hast, dass du keinen Bock mehr auf die alte, faltige Schabracke hast. Und dass du lieber bis nach Weihnachten warten wirst, bis du mir das persönlich mitzuteilen gedenkst.« Jetzt schluchzte sie leise. »Weihnachten ist *mein* Fest, das verdirbt mir keiner. Aber dieses Jahr geben sich eine Menge Leute ganz schön Mühe …«

Sam zog Brooke fest an sich und nahm sie in den Arm. Sie ließ es kraftlos geschehen. »Brooke, es tut mir so leid. Aber es ist ein Missverständnis. Ein ganz großes. Ich habe doch nicht Dich gemeint. Dabei ging es um jemanden ganz anderes.«

Sie schniefte: »Sag ich doch, noch ein Wegwerfhäschen.«

Er strich ihr über die Haare und sah sie an: »Du bist doch kein Wegwerfhäschen. Was ist das überhaupt für ein Wort? Wer wirft denn Häschen weg?« Er lächelte sie an. »Ich habe mich mit George über Thea, Thea Rosenbloom, meine Geschäftspartnerin in Amerika, unterhalten. Ich Idiot hatte mich auf eine Affäre mit ihr eingelassen und muss das irgendwie, möglichst nicht geschäftsschädigend, beenden. Der Zeitpunkt war nur nicht ganz klar, weil wir eben noch mitten in Verhandlungen steckten. Aber wie kommst Du nur drauf, dass ich dich so bezeichnen würde? Du bist doch nicht alt und faltig, Du bist doch meine kleine Weihnachts-Elfe.

Wenn Du das alles falsch verstanden hast, tut es mir unendlich leid. Bitte, verzeih mir!« Damit zog er die sprachlose Brooke an sich und schloss sie fest in seine Arme. Als sie daraufhin erleichtert, aber noch immer verunsichert, den Kopf an seine breite Brust legte, konnte sie seinen Magen knurren hören. Sie lachte leise: »Entschuldigung angenommen. Aber ich glaube, Du solltest erst mal was essen. Ich kann hören, dass Du Hunger hast.«

Sam hielt sie zurück als sie bereits in Richtung Küche davon gehen wollte. »Ich habe sogar einen Bärenhunger. Dieses Dorf liegt wirklich am Ende der *Highlands.* Aber vorher muss der aufstrebende Selfmade-Typ noch was erledigen.« Als Brooke ihn fragend ansah zog er sie an sich und küsste sie innig.

Das gemeinsame Abendessen verlief unterhaltsam und harmonisch. Tante Sully nahm Sam genau unter die Lupe, das konnte Brooke förmlich spüren. Die kleinen schlauen Augen der alten Dame lagen prüfend auf ihm. Aber sie schien ihn zu mögen. Denn sie lachte herzlich über seine Geschichten, die er von der Reise mit Savannah zum Besten gab. Allerdings war sie manches Mal mit ihren Fragen einfach zu direkt. Brooke errötete und sah auf ihre Hände als ihre Tante erklärte: »Ihr jungen Leute müsst mich jetzt entschuldigen. Mein Fernseh-programm beginnt gleich. Wundert Euch nicht über die Lautstärke, ich höre nicht mehr so gut. Und ich gehe nicht davon aus, dass ich für Sam ein Gästezimmer her-richten muss?« Brooke wollte noch mehr in den Boden versinken, als Sam ihr antwortete: »Nein. Auf keinen

Fall musst Du dir diese Mühe machen. Das wäre mir sehr, sehr unangenehm.« Und die beiden grinsten sich an, als wären sie gemeinsam die Erfinder der Verschwörungstheorie.

Am nächsten Morgen erwachte Brooke, als sie die Möwen vom Meer her kreischen hörte. Sam schlief noch tief und fest. Kein Wunder. Sie hatten sich die halbe Nacht geliebt und kaum ein Auge zugemacht. Sam hatte sie dieses Durchhaltevermögen durchaus zugetraut. Dass sie selbst jedoch nach einem Orgasmus noch einen zweiten und dritten haben würde, hatte sie für unmöglich gehalten. Und obwohl sie jeden Muskel in ihrem Körper spürte, war es ihr, als könne sie Bäume ausreißen. Sie hob vorsichtig Sams Arm, der auf ihrem Bauch lag, an und schlüpfte aus dem Bett. Sie betrachtete voller Liebe seinen muskulösen Oberkörper und ließ ihn weiterschlafen. Sie hatte keine Eile heute Morgen. Normalerweise erwachte sie selten vor zehn, halb elf, wenn sie bei ihrer Tante übernachtete. Nie schlief sie so tief und lange wie am Wasser. Das Klima schien auch ihrer Tante gut zu bekommen, sonst wäre sie nicht in diesem hohen Alter noch so vital.

Deshalb war Brooke auch nicht erstaunt, als sie in die Küche kam und Sully auf der hinteren Veranda vorfand. Es hatte im Freien keine zehn Grad aber sie saß auf ihrer breiten Schaukel, eingewickelt in eine Wolldecke und trank Tee. Brooke goss sich auch eine Tasse ein und setzte sich daneben. Sie sagte nichts. Nach einer Weile fragte ihre Tante den Blick nach vorne gerichtet: »Meine Liebe, an was denkst Du?«

»Ich denke, dass heute die Sonne heller scheint und die Vögel schöner singen.« Als Tante Sully ihre Hand drückte, wischte sie verstohlen eine Träne aus den Augenwinkeln.

Epilog

Weihnachten war dann doch noch im großen Kreis und harmonisch gewesen. Brooke hatte sich mit Savannah ausgesprochen und sie hatten alle zusammen in ihrem Cottage den Weihnachtstag verbracht. Harrys Schwester war auch gekommen was Savannah Augen strahlen ließ, als sie deren sechs Monate altes Baby im Arm halten durfte. Brooke musste zugeben, dass ihr ein Säugling gut zu Gesicht stand. Sie stellte sich geschickt an und blieb auch beim Wickeln des Kleinen völlig unbefangen. Ein wenig wehmütig dachte Brooke an die Zeit zurück, als ihre beiden Kinder noch in den Windeln gelegen waren.

Savannah war nicht eine Sekunde lang überrascht, als Brooke ihr gestand, dass sie und Sam sich nähergekommen waren. So als hätte sie fest damit gerechnet. Harry schmunzelte, als er sich erinnerte, wie Brooke ausgeflippt war, als sie dachte, ihre Tochter wäre mit Sam zusammen. Und er wäre der Vater des Ungeborenen.

Kurz gab es einen kritischen Moment, als ihre Tochter sie bat, sich ein wenig um das Lädchen zu kümmern, wenn das Baby geboren wurde. Entgegen ihrer ursprünglichen Pläne, das Kind im Hinterzimmer der Boutique groß werden zu lassen oder gar zusammen mit Harry auf Tournee zu nehmen, was Brooke stets mit einem Seufzen quittierte, wollte sie nun doch erst einmal zu Hause bleiben. Und es wäre auch an der Zeit, dass Brooke die schwere Arbeit in ihrem Atelier reduzieren würde. Brooke musste tief durchatmen um nicht gleich wieder aus der Haut zu fahren. Wer hatte ein Recht, sie in ihrer Arbeit, die sie über alles liebte, zu beschneiden? Aber es war das Fest der Liebe und sie nahm sich zurück. Und das nicht nur weil Sam sie während dieser Unterhaltung fest in seinen kräftigen Armen hielt.

Später, als sich alle verabschiedet hatten, liefen sie gemeinsam mit den Hunden ihren Berg hinauf. Sam war seit ihrer Rückkehr von der *Ille of Skye* nicht mehr von ihrer Seite gewichen und sie genoss es sehr. Wenn sie noch vor Monaten geglaubt hatte, nie wieder zu lieben oder geliebt zu werden, hatte er sie eines Besseren belehren können. Sie liebte es, wenn er ihr in der Küche zur Hand ging oder wie er es nannte, wenn sie ihm helfen durfte und sie war glücklich, wenn sie am Abend zusammen mit ihm auf der Couch saß. Sie las dann in einem Buch, den Kopf in seinen Schoß gebettet während er in geschäftlichen Unterlagen blätterte. Sie konnte sich im Moment nicht vorstellen, einen Tag ohne ihn zu sein. Ihre Mauer, die sie Jahr für Jahr um sich herum errichtet hatte, stürzte ein. Sie ermahnte sich, wachsam zu bleiben, doch die Schmetterlinge in ihrem Bauch vertrieben die bösen Geister. Sie war wieder mitten drin im Leben!

Sam trat näher und legte die Arme um sie. Er hatte so unglaublich lange Arme. Er umschloss Brooke von rechts und konnte die Hand noch links auf ihre Schulter legen. »An was denkst Du?«

»Ich frage mich, ob es richtig ist, nach so vielen Jahren einfach die Arbeit niederzulegen und den ganzen Tag in einem Laden zu stehen. Ich mag es nicht, wenn andere für mich entscheiden, dass sich was ändert.«

Er zog sie näher an sich. »Ach Brooke.« Er legte sein Kinn auf ihren Kopf. »Das Leben besteht aus Veränderung. Keine Veränderung bedeutet Stillstand. Wichtiger ist doch, dass wir uns haben.«

Brooke legte beide Hände auf seinen Arm. »Haben wir uns wirklich? Sind wir nicht zu verschieden? Können wir ein gemeinsames Leben führen? Ich fühle mich plötzlich so orientierungslos. Neben Dir, mit Dir. Auf einmal ist nichts mehr im Fluss. Du wirst ständig unterwegs sein, immer wieder lange unterwegs. Was erwartest Du von mir? Möchtest Du nicht irgendwann eigene Kinder, auch so winzig kleine Babys wie Tessa und bald noch Savannah?«

Sam drückte sie fester und sagte: »Natürlich sind wir sehr verschieden. Gott sei Dank! Stell Dir vor, wir hätten beide Dein Temperament. Und Deinen Dickkopf. Wir müssten unsere getrennten Wohnungen behalten, damit jeder sich zurückziehen könnte. Ich erwarte nichts. Ich weiß nur, ich möchte jeden Tag mit Dir verbringen, egal wo. Für mich bist Du der Teil, der mein Leben vollkommen macht. Mir ist es, als hätte ich eine Ewigkeit darauf gewartet! Auf so ein großes Herz! Ich kann super damit leben, dass uns ein paar Jahre trennen. Und nein, ich muss keine eigenen Kinder haben. Wir sind doch schon eine große Familie. Weißt Du, ich empfinde es als ein Privileg, die Nächte durchzuschlafen und erst aufzustehen, wenn wir von der Sonne geweckt werden. Außerdem arbeite ich gerade mit George daran, meine Arbeit ein wenig umzustrukturieren um das Gröbste von hier aus vorbereiten zu können. Vielleicht mache ich aber auch was ganz Neues. Aber ich verspreche Dir eins: wir bleiben von nun an Seite an Seite hier in unserem kleinen Häuschen. Wir brauchen keine Villa. Wir überlegen uns in Ruhe, was wir damit machen. Glaube mir, wir werden fantastische Großeltern für das süße kleine Ding sein!« Da musste selbst Brooke lachen: »Ich kann mir Dich beim besten Willen nicht als Großvater vorstellen. Nicht mit diesen sexy Oberarmen!« Zur Bekräftigung dieser Aussage tätschelte sie ihm dieselben.

Sam legte sein Gesicht an ihre Wange und flüsterte in ihr Ohr: »Komm schon. Lass uns zusammen alt werden.« Ohne sich zu ihm umzudrehen brummte Brooke: »Alt bin ich schon.« Sam lachte auf und schloss nun seine Arme noch enger um sie und presste sie fest an sich. Als er sie dabei zärtlich auf das Ohr küsste, schmiegte sie sich an ihn. Plötzlich stutzte er und nahm seinen Kopf zurück. »Oops! Omi, sag mal, habe ich da vielleicht ein graues Haar entdeckt?« Lachend wich er ihrem Schlag aus.